「ライハルト殿下を
尊敬していらっしゃるのですね」
「照れくさいから
本人には言わないけどな。
この話は内緒にしてくれよ」
完璧すぎて可愛げがないと婚約破棄された聖女は隣国に売られる⑥
Fuyutsuki Koki
冬月光輝
illust. 昌未

オスヴァルト・
パルナコルタ
パルナコルタの第二王子
フィリアの夫
リーナ・
アウルプス
フィリアのメイド兼護衛
傍にいる時間が長く、
フィリアの相談相手でもある
フィリア・パルナコルタ
パルナコルタの聖女
数々の功績から、大聖女の称号をもつ

レオナルド
フィリアの執事兼護衛
以前はパルナコルタ騎士団に
所属していた
エルムハルト・
クランディ
パルナコルタ騎士団分隊長
クランディ侯爵家の三男
エヴァン・アレクトロン
アレクトロンの若き王
魔術師としても高い能力をもつ

幼いときより修行を積んできたのは、
聖女として一人でも多くの命を救うため。
ましてやエルムハルトさんは
私の大切な友人の婚約者。
リーナさんを悲しませるわけにはいきません。
彼女に涙は似合わないのですから。
「大丈夫です。
治しますよ」

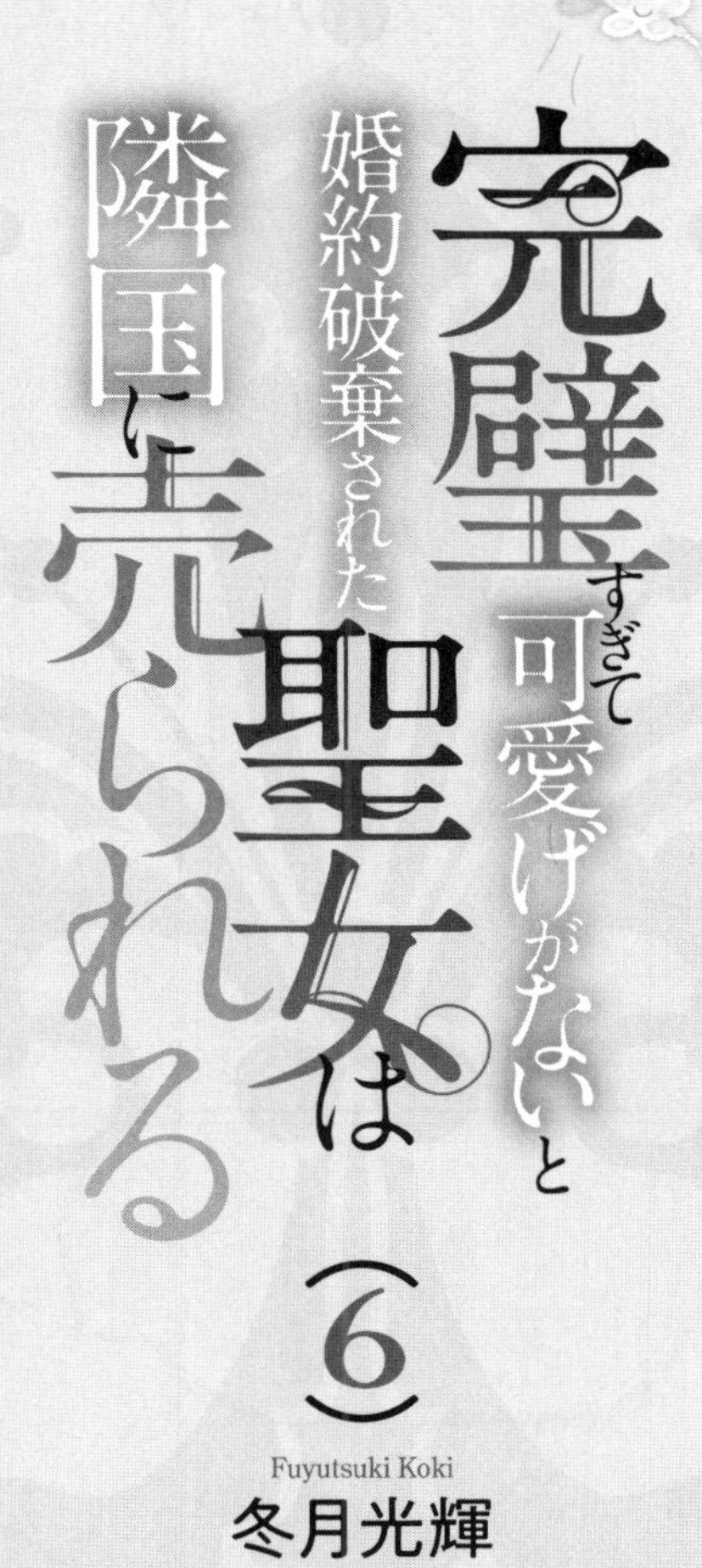

完璧すぎて可愛げがないと婚約破棄された聖女は隣国に売られる

6

Fuyutsuki Koki
冬月光輝
illust. 昌未

A saint whose engagement was abandoned
because it was too perfect and not cute is sold to a neighboring country

セデルガルド大陸

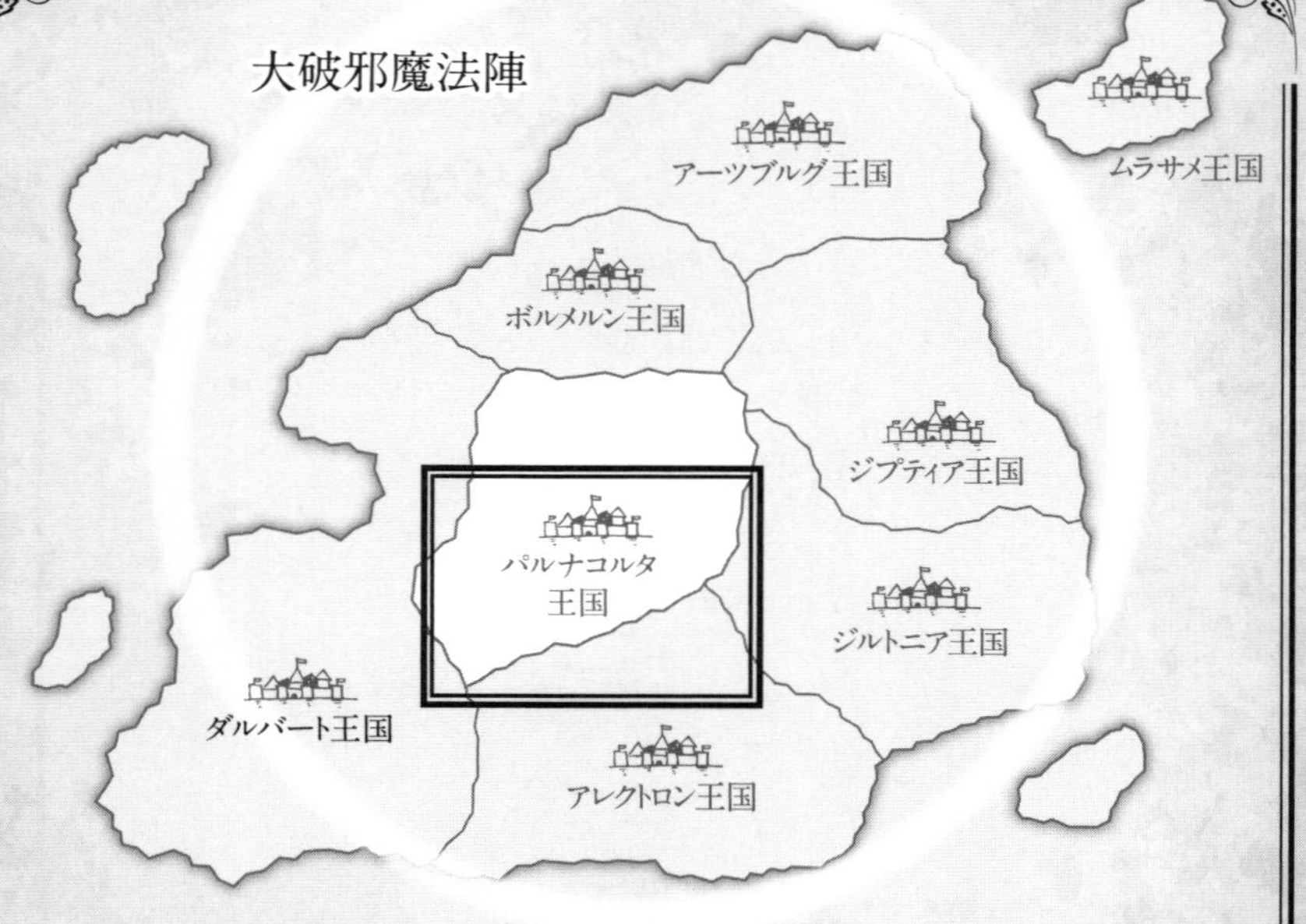

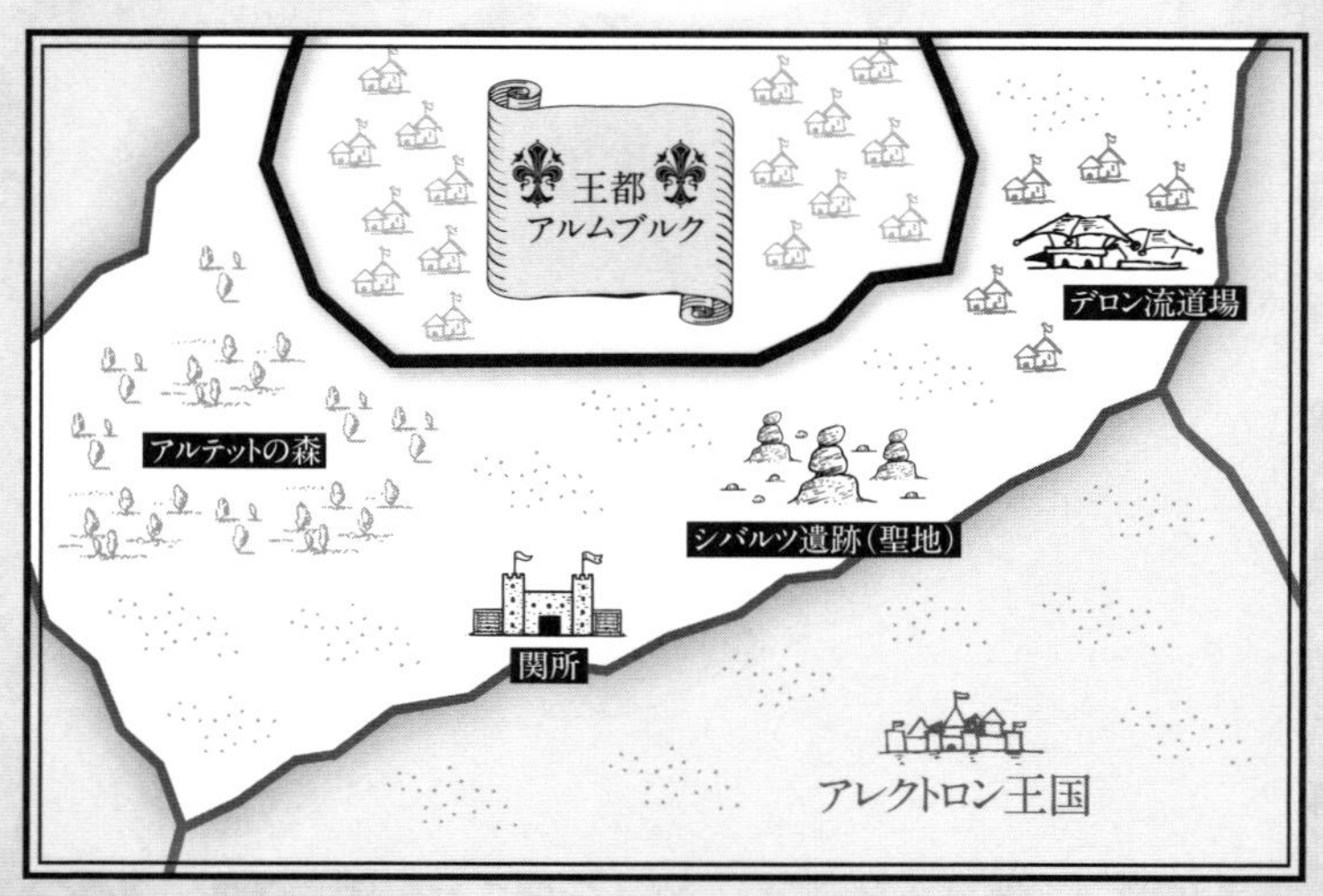

パルナコルタ王国とアレクトロン王国

CONTENTS

プロローグ

prologue

――可愛(かわい)げがない。愛想がない。真面目すぎて、面白みがない。そう言われ続けて、生きてきました。

そんな私でしたが愛する人と結婚をして、先日は新婚旅行まで行かせていただきました。

聖女としてだけではなく、オスヴァルト様の妻としての人生。

多少のトラブルこそありましたが、彼との生活は穏やかそのものです。

そんなある日のこと。部屋で遺跡についての書物を読んでいると一人の青年が屋敷にやってきました。

大きなリュックサックを背負っている青年を私は応接室に通します。

そう、彼は新婚旅行で出会った――。

「ハルヤさん、今日はどういったご用件ですか？　オスヴァルト様は第二王子としての執務のため王宮に行かれていますが。……多分、もう少ししたらお戻りになると思います」

「これはこれはフィリア様。今日もお美しい。……いえね。オスヴァルト殿下がまだ王宮にいらっしゃるのは存じていたのです。今日は妹に会いにきまして」

私の問いかけに、恭しく頭を下げるハルヤさん。

彼はヒマリさんのお兄さんなのです。

それを知ったときには、随分と驚きました。

「ヒマリさんに用事でしたか」

「ええ、ですから隠れていないで出てきてほしいな、と」

ハルヤさんが天井に視線を送ると、上から音もなくヒマリさんが降りてきます。

なにもお兄さんがきたときまで警戒して隠れていなくても良いと思うのですが、聖女である私も公私混同しないという信条を持っていますので、彼女を咎(とが)められません。

「兄上、お元気そうでなにより」

「そうだな。お前が元気なのは今見させてもらったよ」

淡々とした口調で何事もなく話すヒマリさんに苦笑しながら、ハルヤさんは返事をします。

「して、私に用とはなんでしょう？　まさか始末したい人間がいるとか？」

「ははは、もしもそうなったら真っ先にお前に協力してもらおう。……だが、そうじゃない。今日はプレゼントを持ってきたんだ」

「プレゼント？」

「ああ、ほら。これだよ」

彼は持ってきたリュックサックの中から次から次へと色々な品を出します。

ドレスやアクセサリー、それに日用品からお菓子まで。

大きなリュックサックの中身はヒマリさんへのプレゼントでいっぱいだったみたいです。

「誕生日おめでとう。ヒマリ」

「誕生日？　確かに少し前に誕生日でしたが……そのプレゼントにしては量が多すぎやしませぬか？」

ヒマリさんの誕生日についてはリーナさんから聞いていて、少し前にお祝いしました。

あれは、ハルヤさんが〝月涙花〟の件でオスヴァルト様の執務に付き合っていて不在だった日でしょうか。

立入禁止区域だった〝魔瘴(ましょう)火山地帯〟の爆発が収まって、大量の〝月涙花〟が入手可能となった今。ジルトニア王国との話し合いなど、オスヴァルト様が第二王子として政治の場に顔を出す機会が増えました。

オスヴァルト様の部下として交渉の場に立ち会うハルヤさんも忙しく、ヒマリさんの誕生日を当日祝うことはできなかったのです。

しかし、ヒマリさんが言うとおり確かにすごい量のプレゼントですね……。

「なんせ何年もの間、生きていることすら知らず、誕生日を祝うという発想すらなかったのだからな。これは渡せなかった期間の分だよ」

「兄上……」

ハルヤさんの言葉を聞いて、彼女は目をほんの少しだけ潤ませました。

再会したとき、人が変わったようだとヒマリさんは嘆いていましたが、きっと彼の中には変わらないものもあったのでしょう。

「と、まぁ……このような用件がありましたので先に済ませようと思い、来た次第です」

ヒマリさんの様子を見て微笑(ほほえ)んだハルヤさんは、こちらに視線を向けました。

「そうでしたか。……ですが、先にということは？」

「ええ、お察しのとおりです。オスヴァルト殿下にも用件はございます。ですから、殿下が帰ってこられるまで待たせていただいてもよろしいでしょうか？」

オスヴァルト様が戻られるまで、おそらくそう時間はかからない。

ハルヤさんのことです。それも計算に入れて、プレゼントを渡すために少しだけ早めにきたのでしょう。

「あ、はい。もちろん、構いませんよ。リーナさん、紅茶のおかわりをお願いします」

「はいは～い！　お任せください～！」

リーナさんに紅茶を頼み、私たちはオスヴァルト様が帰宅されるまで、雑談をして過ごすことにしました。

「それにしても、すっごい量のプレゼントですね～！　ヒマリさんはいいな～！　お兄ちゃんからプレゼントもらえて～」

「ふむ。ありがたみは感じているが、別れてから齢(よわい)十九になるまでの祝いの品を一度に渡されても、な」

リーナさんが羨ましそうにヒマリさんを見つめていますが、彼女は複雑そうな顔をしていました。

何年分もの誕生日プレゼント……それを一度にもらったときの気持ちは簡単には言い表せないものでしょう。

「まぁそう言うな。これで離れていた時間が埋められるなどと思ってはいないさ。だが、お前ももう十九歳か。時間が流れるのは早いな」

「ええ、過ぎてみると早いものです」

「……ところで、だ。十九歳ともなると、ヒマリよ。お前にも縁談がきていたりするのか？」

「はぁ？　縁談？」

珍しくヒマリさんは、上擦った声を出します。

彼女にとって、ハルヤさんの問いかけが余程意外だったのでしょう。

――特におかしな質問でもないと思うのですが。

「……結婚などまったく考えておりません」

「そうなのか？」

「フィリア様とオスヴァルト殿下に仕えている身としては、そのような浮ついたことを考えられませぬ」

まさか、彼女の忠誠心がそのような決意までさせてしまっているとは。

さすがに、ここはきっちりと伝えておかなくてはなりませんね。

「ヒマリさん、結婚を考えてはならないことなどありませんよ？　自分の人生について考えることを浮ついただなんて、誰も思いません」

「フィリア様……そこまで気を遣ってくださるなど、私は良い主君に恵まれました」

「あ、いえ。そんな大層な話ではなくてですね……」

感極まった様子のヒマリさんに、私は思わず言葉を詰まらせてしまいます。

私はただ単純に縛られずに生きてほしいと言おうと思っただけなのですが。

「と、とにかく好きなように考えてくださって大丈夫ですから。……あ、もちろん。リーナさんもそうですよ？」

私はなんとか場の空気を変えようとリーナさんに助けを求めます。

彼女ならきっと、いつものように――。

「は～い！　私ならご心配に及びませんよ～！　婚約者さんがいますので～！」

「「――っ!?」」

リーナさんの言葉に私とヒマリさんは思わず互いに目を合わせてしまいます。

ええーっと、リーナさんは婚約していたのですか？

まったく知りませんでした。

彼女はメイドとして働いてはいるものの貴族の令嬢ですし、とても素敵な女性ですから、もちろん不思議な話ではないのです。

しかし、今まで一度も聞いたことがなかったので驚いてしまいました。

「リーナさん、婚約されていたんですね。その、いつからですか？」

「いつからと言いますと～、そうですね～。生まれてすぐに婚約者さんが決まっていたので、ずっ

と前です～」

間延びした声で婚約した時期について語るリーナさん。

生まれてすぐに婚約……家同士の繋がりで決まっていた、と考えるのが自然ですね。

「リーナさん、生まれてすぐと言いますと――」

「待たせたな、ハルヤ！」

私がリーナさんに詳しい話を聞こうとしたとき、オスヴァルト様が帰ってきました。

彼もハルヤさんが来ていることは知っていたみたいです。

「いえいえ、楽しくお話しさせてもらっていました。こちらこそ、急がせてしまい申し訳ありません」

ハルヤさんは立ち上がり、オスヴァルト様に一礼します。

「うむ。では、さっそく調査報告を頼む」

「オスヴァルト様、私たちは席を外しましょうか？」

「いや、フィリアたちも聞いていてくれ。大事な話なんだ」

「わかりました」

オスヴァルト様はうなずき、私の隣に座りました。

どうやらハルヤさんになにか調べてきてもらったようですね……。

「ええ、それではさっそく。……近々、アレクトロン王族一行が聖地巡礼としてパルナコルタ王国のシバルツ遺跡を訪れます。それにあたり、色々と調査いたしました」

先日、新婚旅行で訪れたシバルツ遺跡。

女神が生まれた土地として、女神信仰が厚いアレクトロン王国の聖地となっています。

ですから、四年に一度……アレクトロンの王族たちが聖地巡礼に訪れるのですが、今年がその年に当たるのです。

――聖地巡礼の時期に合わせての調査の目的。

オスヴァルト様が懸念していることとは果たして……。

「で、結果はどうだったんだ?」

「端的に申しましょう。聖地巡礼の日、パルナコルタの聖女を狙い襲撃を企てている者がいるという噂(うわさ)を摑(つか)みました。警備がアレクトロンの王族に集中すると読んでの行動でしょう」

「………」

抑揚のない口調で静かに、ハルヤさんは調査の結果を報告しました。

彼は以前、聖女である私を守るためにとライハルト殿下に兵器の購入を勧めています。

オスヴァルト様から聞いた話では、私を疎(うと)んでいる人たちがいるとのことです。

――アレクトロン王族が聖地を訪れる日を狙って何者かの悪意がこちらに向けられる。

平穏な日々はつかの間で終わるかもしれません。

第一章　辺境の騎士たち

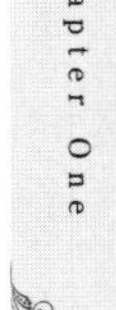

ハルヤさんの報告を受けて、屋敷の周囲をフィリップさんを筆頭にパルナコルタ騎士団の騎士たちが警戒するようになりました。

アレクトロン王国の王族たちの聖地巡礼が終わるまで厳戒態勢を続けるとのことです。

考古学者で新婚旅行の際にはガイドを務めてくれたリックさんからの情報によると、〝シバルツ遺跡〟にも以前よりも多くの騎士が駐在しているようでした。

ちなみにリックさんは王宮の研究機関に配属となり、「神具」などの研究をしています。

パルナコルタ王宮の宝物庫にはいくつか「神具」が保管されており、その効力などを研究することで、新たな魔道具開発に役立てているのです。

「すまんな、また騒がしくなって」

窓から外の様子をうかがいながら、オスヴァルト様は私に声をかけます。

「いえ、私は平気です。それよりオスヴァルト様のほうこそ、最近かなり忙しくされていますが大丈夫ですか？」

「俺か？　俺は平気だ。フィリアほどではないが体力には自信があるからな」

彼は白い歯を見せながらこちらを振り返り、私の側(そば)に歩み寄りました。

オスヴァルト様はアレクトロン王国の王族の訪問に際して、交流パーティーの開催や聖地への案内、さらに警備など……その一切を取り仕切っています。

ですので、最近は寝る間も惜しんで政務に励んでおり、昨夜も遅い時間に屋敷に帰ってきました。

「あまり根(こん)を詰めすぎないようにしてくださいね」

「……ははは、まさかフィリアからそんなセリフを言われるとは思わなかったな」

「そんなに変ですか？」

「なんせ、我が国の聖女は国内随一の働き者だ。本人は気付いていないのかもしれんが」

「そ、それは……その。すみません」

その言葉で「休んでほしい」とリーナさんたちに言われたり、オスヴァルト様に「働きすぎだ」と言われたりしたことを思い出します。

あのときは聖女としての義務を果たすために突き進むことしか知らなかった私ですが、今は休ませようとした彼らの気持ちもなんとなくわかるようになりました。

「おいおい、俺は謝ってほしいなんて思ってはいないぞ。俺はあのときのフィリアの気持ちがなんとなくわかるようになったんだ」

「えっ？」

「国のため、民のために力を尽くすという尊さ。俺の力はまだまだ微力かもしれんが、王子という立場を背負っているんだ。責任を果たしたいと考えるようになった。フィリアのように、な」

そう口にするオスヴァルト様の精悍(せいかん)な顔立ちに、私は思わず息を呑(の)みます。

私のようになりたいと言われるとは思っていませんでした。

ですが、誠実な彼の言葉に嘘偽りなどあるはずがありません。

オスヴァルト様がここまで頑張っていらっしゃる理由にまさか私が関係していただなんて……。

「どうした？　フィリア、黙り込んで」

「い、いいえ、なんでもありません。オスヴァルト様のお気持ちはわかりました。……ですが、くれぐれも体を壊さないようにしてくださいね」

「んっ？　そうだな。それは約束しよう。ありがとう」

微笑みを浮かべてうなずくと、オスヴァルト様はソファーに腰掛けます。

私も自然と彼の隣に座りました。

「……本当はな。もう一つ理由があるんだ」

「もう一つの理由、ですか」

「ああ、王子として国のために尽力したい理由さ。フィリアが聖女としての務めを果たそうと懸命になっているというのはもちろんだが……背中を追いかけている人物がもう一人いる」

オスヴァルト様は天井を見ながら、独り言のように話します。

もう一人の人物。

それはきっと――。

「ライハルト殿下、ですか？」

「そう……兄上だ。おそらく、そう遠くない時分に陛下は次期国王として兄上を指名するだろう。

幼少期からそれは既定路線だったが、公式の発表となると意味合いが違う。俺は次期国王の弟という存在になるんだ」

　パルナコルタ王国の国王は現国王からの指名により決定されます。

　ライハルト殿下は幼少期より国王になるべく教育を受けていたと聞いていますので、陛下の中では殿下に跡を継がせるというのは決定事項だったのでしょう。

「次期国王が決まりますと、身の振り方も少し変わってくるということですね。オスヴァルト様はライハルト殿下が国王になることに異論はないと存じていますし、周囲にも反対する方はいないでしょう。なにも心配しなくてよろしいのでは？」

「はは、心配はしていない。陛下は次期国王を巡っての争いごとをなによりも警戒していた。兄上により厳しく帝王学を施したのも、周囲へのアピールを兼ねていたからだ。兄上よりも国王に相応(ふさわ)しい人間はいないとな」

　次期国王を巡っての争い。

　身近で起こった話で言えば、ジルトニア王国のフェルナンド殿下とユリウスの争いでしょう。

　第一王子派と第二王子派の二つに割れた勢力が、次の玉座を狙ってぶつかり合っていたそうです。

　あのときは、魔界の接近による影響で国家自体の存続も危ぶまれる状況でした。

　本来なら国中が一致団結しなくてはならないところです。

　にもかかわらず争いを続けていたということを愚かだと断ずるのは簡単ですが……それだけ国王という地位に大きな意味があるとも言えるでしょう。

「陛下が即位する少し前に、母上が亡くなった。俺はまだ小さかったから泣いているばかりだったが、そのときから兄上はよく学び、一人前になろうと前を向いていた」

「……久しぶりに王妃陛下の話を聞いたような気がします」

オスヴァルト様たちの母親。つまり王妃陛下は両殿下が幼いときに亡くなったと婚約してすぐに聞かされました。

悲しい思い出でしょうから、あえて深く聞こうとはしていませんでした。

事実、オスヴァルト様から話題にすることも滅多にありませんでした。

こうして、口にするのは珍しいですね……。

「記憶があまりないからな。ただ兄上だって俺よりも歳が上とはいえ母親に甘えたい時分だったはずだ。あの人がすごいのは悲しみを背負いながら、それだからこそ一層努力したことだ。それを怠ける言い訳にしたくないと思ったのだろうが、俺はその姿に感銘を受けた」

「ライハルト殿下を尊敬していらっしゃるのですね」

「照れくさいから本人には言わないけどな。この話は内緒にしてくれよ」

「ふふ、承知いたしました」

指を自らの唇に当てて笑顔を見せるオスヴァルト様。

確かにライハルト殿下ほど国王としての器が完成している人物は稀有でしょう。

「兄上は陛下の期待に応えている。指名というのは形式的なことだ。少なくとも次期国王に関しては、な」

「形式的……そういえば、パルナコルタ王国は王族の血縁の者なら誰でも指名される可能性はあるんですよね？」

「さすがによく知っているな。王子以外の者が指名された例は少ないが、前例はある」

ジルトニア王国も同じく王子の中から国王を選ぶという形でしたが、大きく異なる点が一つだけありました。

パルナコルタでは公爵などの身分……つまり王族との縁者は誰しも次期国王として選ばれることがあるという点です。

これは王子が生まれなかった場合、もしくは王子が国王としての適性に著しく欠けていると判断された場合を想定して定められた決まりなのだとか。

つまり、極端な話をすればライハルト殿下もオスヴァルト様も陛下が国王として相応しくないと判断すればどちらも指名されない、という可能性もあるのです。

「まぁ、その話は置いておいて。兄上が王になると考えたとき……俺が国のためにできることってなにか考えてみたんだ。案外答えは簡単だった。頼りがいのある弟になればいい。今まで以上に責任を背負うことになる兄上から頼りにしてもらえる、そんな男になろうって決めたんだ」

「オスヴァルト様……」

「あまりにも単純で当たり前すぎる話だろ？　もっと格好良く言語化できれば良かったんだが」

はにかみながら、照れくさそうな顔をするオスヴァルト様。

——難しい理屈なんかいらないです。

『妹を心配しない姉がどこにいる』

シンプルな一言。

それが私を、ミアを救ってくれた。

あのときから、そんなオスヴァルト様だからこそ私はあなたを――。

「お慕いしております。オスヴァルト様」

「うおっと、珍しいな。はは、どういう風の吹き回しだ？」

「えっ？　い、いえ、別に……気持ちを伝えたくなっただけです」

無意識に口にした言葉に自分でも驚いてしまいました。

こんなの恥ずかしすぎます。

どう取り繕っていいのかわかりません。

「――俺もフィリアを愛しているよ」

「へっ？」

ゆっくりと抱き寄せられて、囁かれた声に……体中の力が抜けてしまいました。

でも、なんだか心地よい。

時には想いを口にしてみるのもいいかもしれません。

◆

「オスヴァルト殿下、フィリア様。レオナルド特製のケーキが焼き上がりましたぞ。どうぞ召し上がってください」

しばらく二人で談笑していると、レオナルドさんがやってきました。

甘い香りを漂わせる焼き立てのケーキをテーブルの上に置きます。

最近、彼はお菓子作りに凝っていると言っており、こうして振る舞ってくれるのです。

「美味しそうですね」

「ああ、さっそくいただくとしよう」

「どうぞ、召し上がってください」

レオナルドさんが作ってくださったお菓子とともにティータイムにすることに。

これはチョコレートケーキですね。

甘い香りが漂ってきて、食欲をそそります。

「とっても美味しいですよ。レオナルドさん」

「相変わらず腕がいいな。……しかし、剣に生きていたお前が今やケーキを焼いているとは。人生なにが起こるかわからんものだ」

「昔の私の職務は騎士として国のために戦うことでしたからな。執事として生きる今とは違います」

かつては騎士として腕を振るっていたというレオナルドさん。

共にお務めに出ていたときには、華麗な体術で魔物を打ち払っていました。その腕前も相当なものでしょう。

パルナコルタ王国の騎士団は大陸でも随一の力を持つと言われていますので、能力が高いのは納得できるところです。

とはいえ、あの実力は並ではないと思われます。

レオナルドさんはきっと騎士団の中でもかなりの実力者だったのではないでしょうか。

「まぁ、俺の護衛になれと言ってなかったら……今頃は東西南北のどこかの分隊長にはなっていただろうな」

「それはどうでしょう？」

オスヴァルト様の言葉に対してレオナルドさんははぐらかしました。

パルナコルタ騎士団の分隊長……。

この国の騎士団は王都を守る本隊と、東西南北の国境沿いの辺境を守る四つの分隊、合計五つの部隊に分かれています。

騎士団長であるフィリップさんが王都の騎士たちを取りまとめており、東西南北の国境沿いの辺境に駐在する騎士たちは四人の分隊長によって管理されているのです。

オスヴァルト様は、そんな分隊長になれるほどの実力がレオナルドさんにはあったと仰っているのでしょう。

「謙遜するな。レオナルドの実力は誰もが認めていたよ。その証拠にお前を除いたパルナコルタ三騎士のうち二人は今も現役で分隊長を務めているではないか」

「……パルナコルタ三騎士、ですか。懐かしい呼び名ですな」

レオナルドさんは懐かしそうに目を細めます。

——しかし、パルナコルタ三騎士。聞き慣れない言葉です。

「あの、オスヴァルト様。三騎士とは一体なんなのですか？」

「ああ、フィリアが知らないのは当然だ。俺が幼いとき……そうだな。この前会ったジーン・デロンが騎士団長だったとき、魔物たちの討伐で大きな戦果を上げていた三人の騎士たちが居たんだよ」

「その方々が、パルナコルタ三騎士……」

私のつぶやくような返答にオスヴァルト様はゆっくりとうなずきました。

この国の歴史は少しずつ勉強しておりましたが、まだまだ知らないことだらけです。

ただ、その時代の聖女の手からこぼれた魔物討伐などには騎士団の方々の貢献があったという記録を読んだことがあります。

「パルナコルタ三騎士のうちの一人はアウルプス男爵だ。アウルプスの名は知っているだろ？リーナの父親だな」

「あ、はい。アウルプス男爵は確か国王陛下の護衛の経験もある方でしたよね？　今は東側の分隊長を務めていると聞いていています」

リーナさんの実家であるアウルプス男爵家。

代々男子は騎士として王族の護衛を務めている由緒正しい家系なんだとか。

彼女が元々オスヴァルト様の護衛だったのには、そういった家の事情があったのです。

ちなみに現在の国王の護衛の一人は、二人いるというリーナさんのお兄さんの一人が務めているとのことです。

「うむ。アウルプス男爵はレオナルドと同期の騎士でな。その目にも留まらぬ剣捌き（けんさば）は、速さにおいて並ぶ者なしと言われていたほどなんだ」

「リーナさんのお父様、すごい方なんですね」

詳しく聞く機会がなかったので、そこまでの方とは知りませんでした。

もっともアウルプス男爵は国の東側の騎士たちを指揮する分隊長ですから、実力があって当たり前なのですが……。

「そして、三騎士のうちのもう一人がエルムハルト・クランディ。エルムハルトもまたレオナルドとは同期の騎士でな。寡黙だが、とてつもなく強かった。巨大な竜を一刀両断したという逸話もあるほどだ」

「エルムハルトさん……南側の分隊長ですよね」

「そのとおり。アレクトロン王族の聖地である〝シバルツ遺跡〟周辺もエルムハルトの分隊の管轄地域だ」

「なるほど。あの辺りを守っていらっしゃるんですすか」

新婚旅行で色んな場所を訪れておいて良かった。

このような話をしていると自然にそう思えます。

頭に浮かぶ情景を守ってくださる方々がいる。そう考えるだけで、私も聖女としての務めをより頑張らなくてはという気持ちになるからです。

「しかし、クランディ家といえばかつては聖女も輩出したパルナコルタ王国でも有数の魔術師の家系だと聞いております。魔法を使われるのに騎士をされているんですか？」

「さすがに知っていたか。確かにクランディ家は魔術師の名門。だが、エルムハルトには魔力がないらしい。騎士としては優秀だけどな」

魔術師の家系で魔力を持たないとは珍しい。

ですが、オスヴァルト様の話しぶりからすると、かなり有能な方のようです。

「今回はエルムハルト率いる南側の兵士たちと騎士団との合同演習などで連携を深めたいと考えているんだ」

「合同演習、ですか？」

「ああ、まだフィリアには言っていなかったな。……エルムハルトの分隊の一部を王都に呼び寄せて、アレクトロン王国の王族たちが来たときにどんな対応をするのか、訓練も含めた交流を予定していてな」

国境沿いの南側を守っているエルムハルトさんの分隊と王都の騎士団との連携。

オスヴァルト様はきっと有事の際に、スムーズな統制が取れるように訓練しておこうとお考えなのでしょう。

「それにしても随分と時期が早いですね。聖地巡礼の直前でも良い気がしますが」

「巡礼前にアレクトロン王族を歓迎するパーティーもあるだろ？　不穏な動きもあるし、パーティー会場はもちろん王都全体の警備の強化もしたい。そこで、会場の警備の一部をエルムハルトたちに任せようと思っているんだ。そのあとの聖地巡礼の際にも護衛に加わってもらうしな」

「なるほど。そのための準備というわけですね」

聖地とされているシバルツ遺跡はアレクトロン王国からパルナコルタ王都に向かう際の、途中の位置にあります。

それにもかかわらず、一度王都へと向かうのは、アレクトロン王国側がパルナコルタ王国へ謝意を示すため。

まずは、挨拶を以て巡礼を始める。

その際に両国の親睦を深めるパーティーを行うのが通例となっているのです。

だからこそパーティーの警備は厳重に……万が一のときに備えて、万全を期す。

緊急時に連携が乱れないためにも、オスヴァルト様は早めに準備しておこうと考えたのでしょう。

となると、エルムハルトさんと分隊の一部は一週間ほど王都に滞在するということですね。

「オスヴァルト様、その合同演習……私も見学できませんか？」

「フィリアが騎士団の演習を？　うーん。あまり楽しくないと思うぞ」

腕を組みながら、意外そうにこちらを見るオスヴァルト様。

ですが、先ほどの話を聞いて興味を持ってしまったのです。

「お願いします。この国をもっとよく知るために、どんな方がいるのか見てみたいのです」

「はは、フィリアらしいな。見学するくらい、構わないよ。フィリップにも伝えておこう」

「ありがとうございます！」

苦笑いしながらオスヴァルト様は見学の許可をくださいました。

エルムハルトさんは、レオナルドさんと同じ時期に活躍されたという騎士。

一体、どのような方なのでしょうか……。

◆

オスヴァルト様から合同演習の話を聞いて、およそ一週間。

今日がその日です。

「フィリア様～。今日は外出だとお聞きしておりますので、お着替えの手伝いをさせていただきます～」

「ありがとうございます、リーナさん。今日はパルナコルタ騎士団の合同演習の場に向かいますので、こちらに着替えようかと」

「聖女服ですね～。承知いたしました～」

騎士団の方々の演習場へ向かうために、今日は聖女服に着替えます。

お務めではないのですが、公の場ですし国を守る聖女として見学に行きたかったのです。

「でもでも、フィリア様〜。騎士さんたちの訓練なんて、そんなに見たいものですか〜？　リーナのお父様も騎士ですけど〜、あまり面白くないですよ〜」

着替えを手伝いながら不思議そうにこちらをうかがうリーナさん。

オスヴァルト様にも似たような質問をされましたね。

騎士団の演習に興味を持つことは、よほど変わっているのかもしれません。

「オスヴァルト様からパルナコルタ三騎士と呼ばれている方々のお話を聞きまして」

「はいは〜い！　私も知っていますよ〜。では、リーナのお父様のお話も聞かれましたか〜？」

「あ、はい。素晴らしい腕前だとお聞きしました。……その一人として数えられているエルムハルトさんという方が今日の演習にいらっしゃるので、どんな方なのかと思いまして」

リーナさんにも私が演習に向かう理由を話します。

三騎士の一人は彼女のお父様なのですから、知っていて当然ですよね。レオナルドさんも同期ですし。

ですが、エルムハルトさんは――。

「そうだったんですね〜。……そういうお話でしたら、私に聞いてくだされば教えて差し上げましたのに〜」

「えっ？　リーナさんはエルムハルトさんと面識があるのですか？」

「面識というか～、婚約者です！　エルムハルト様は」

「――っ!?」

予想外の返答に私は声を詰まらせてしまいました。

先日、リーナさんから婚約者がいると聞き驚きましたが、まさかエルムハルトさんがその相手だったとは。

ですが、彼は確かリーナさんのお父様であるアウルプス男爵やレオナルドさんと同期で騎士団に入った方。

婚約者というには随分と歳が離れているような気がするのですが……。

「あれ～？　フィリア様～、どうかなさいましたか～？」

「い、いえ。想定外の話すぎて、少し混乱してしまって……」

「想定外の話、ですか～？」

首を傾げながらこちらを見つめ、私の言葉を復唱するリーナさん。

彼女の婚約者についてとやかく言う権利はありませんが、嘘をつくわけにもいきませんので率直な感想を伝えます。

「その、ですね。婚約者と聞いて、もっと若い方を想像していたのです。ですから、言いにくいのですが……リーナさんと年齢の差がかなりあるな、と」

「ああ～。なるほど、なるほど～」

手を叩きながら、リーナさんは納得したようにうなずきました。

彼女は私よりも若いですし、レオナルドさんはヒルダお母様よりも年齢が上。

そう考えると、どうしてもそのあたりが気になってしまいます。

とはいえ、リーナさんのお家のお話。これ以上、彼女の私的な部分に踏み込むわけにはいきませんね……。

「すみません、リーナさん。さすがに失礼な発言でした。これ以上は――」

「とんでもございません～！　フィリア様が私に興味を持ってくださって嬉しいです～！」

「リーナさん？」

にっこり笑顔で両手を広げ……喜びを全身で表現するリーナさん。

どうやら嫌な気分にはなっていないみたいです。

「でも、私が生まれてすぐに婚約が決まっていましたので～。エルムハルト様が婚約者なのが当たり前すぎちゃって、年齢が離れているとか一度も考えたことなかったものですから～」

「い、一度も？　そうなんですか？」

リーナさんらしいと言えばリーナさんらしいのですが、それは少し気になります。

どうしましょう……？

ヒマリさんのときもそうでしたが、こういうときどこまで聞いていいのかよくわかりません。

――きっと、オスヴァルト様やミアならサラリと聞いてしまうのでしょうね。

二人とも人の心を開かせる才能がありますから。

「……リーナさん。差し支えない範囲で問題ありませんので――エルムハルトさんと婚約した事情などありましたら、教えてくださいませんか？」

未だに人との関わり方がわからず悩んだものの、勇気を出して質問をすることにしました。

この国に来たばかりのときには、このような話をするなど考えられなかったでしょう。

この変化が良いのか悪いのかわかりませんし、お節介であるのは間違いありません。

ですが、リーナさんは私にとって大事な人ですから……。

迷惑にならないのなら、知っておきたいのです。

「え～？　エルムハルト様との馴れ初めですか～？　全然構いませんよ～。すぐに終わるお話ですから～」

「ぜひ、お願いします」

「は～い！　それでは、お話ししますね～。リーナのお父様とエルムハルト様は親友なんですよ～。で、私が生まれた頃にエルムハルト様がお父様を庇って大怪我をしたんですね～」

リーナさんは自らの婚約にまつわる事情を説明します。

当たり前ですが生まれたばかりのリーナさんの意思はなく、彼女のお父様に関係がある話みたいですね。

「それで、お父様は庇ってもらったお礼に娘である私と婚約させ、一生不自由ないように生活させると約束したんですよ～」

「――えっ!?」

そ、それって、リーナさんをお詫びの品のようにお父様が差し出したと聞こえるのですが……。

思いもよらない発言に驚きながら彼女の顔を見ました。

そんな私を気に留めることなく、リーナさんは平然と話を続けます。

「ですから、家事も小さいときからいっぱい勉強しました～。そのおかげで、フィリア様のメイドになれたので良かったです～」

「よ、良かったんですかね？　その話……」

リーナさんのメイドとしての能力は高いです。

私よりも年下なのに、随分しっかりしていると出会ったときから何度も感心していました。

ですが、それが縛られた人生に由来する能力だとしたら……。

自分の意思とは関係なく、生まれてすぐに決められた婚約から成るものだと考えると――彼女の有能さに対する印象も変わってしまいそうです。

「…………」

「フィリア様～？　お着替え終わりましたよ～」

「あ、すみません。少しボーッとしていました。参りましょうか？」

「は～い！　今日も一日はりきって行きましょう！」

元気な笑顔を見せるリーナさんに手を引かれて、私は馬車に乗りました。

目指すはパルナコルタ王宮の側にある演習場。

このあと……エルムハルトさんが率いる南側の分隊の方々も本隊と合流して演習に励む、と聞いています。

リーナさんの婚約者だという事実を聞いたばかりで、心の整理がまだできていませんが、一体どのような方なのでしょうか。

彼女から話を聞いて、なお疑問と興味は増すばかりです。

◆

「オスヴァルト様、お待たせしました」

「おう！　よく来たな。もうちょっとしたら休憩だから、それまで少し待っていてくれ。エルムハルトが挨拶にくる予定だ」

オスヴァルト様は腕を組んで、演習場を見つめていました。

彼の護衛として共に屋敷を一足早く出ていたレオナルドさんも一緒です。

「午前の演習が終わったみたいですな」

「うむ」

しばらくして、レオナルドさんの言葉にうなずくオスヴァルト様。

その視線の先にいる集団から一人の騎士が、こちらに向かって走ってきます。

「オスヴァルト殿下！　フィリア様！　パルナコルタ騎士団南方分隊長エルムハルト・グラン

ディ！　分隊を代表して、ご挨拶に参りました！」

青みがかった長い黒髪に藍色の瞳。その顔立ちは爽やかでいて、騎士としての精悍さも併せ持っています。

彼がパルナコルタ騎士団南方分隊長、エルムハルト・グランディさん。

左の腰に携えている剣は、他の騎士たちが持っているものよりも一回り大きなサイズです。

それにもかかわらず、その大きさに違和感を覚えないのは彼もまた人並み以上に大柄な体躯(たいく)であるからでしょう。

やはり年齢はレオナルドさんと同じくらいに見えます。

「エルムハルト、遠路はるばるよく来たな。演習の調子はどうだ？」

「はっ、殿下！　部下たちも本隊の騎士たちとの訓練に胸を躍らせている様子でした」

オスヴァルト様の問いかけに、エルムハルトさんはハキハキと答えます。

騎士団長のフィリップさんもそうでしたが、騎士の方たちはよく通る声ですよね。

――しかし、気になります。

婚約者であるリーナさんが近くにいるのに、彼は一度も彼女に視線を向けないのです。

オスヴァルト様の前だから、でしょうか。

「そうか。分隊の士気も高いようでなによりだ。……今日は妻がエルムハルトに挨拶したいと言っていてな」

「フィリア様が……私に、ですか？」

「フィリア・パルナコルタです。エルムハルトさんのお話をオスヴァルト様から聞きまして、是非ともお会いしたいと思っておりました」

私は一歩前に出て、エルムハルトさんに挨拶しました。

リーナさんの話は私からするのも変ですし、今は触れずにいましょう。

「まさか私などにわざわざお声掛けしてくださるとは、恐縮でございます。当方、辺境暮らしのためお会いできる機会はないものと思っていましたが、こうして聖女様にご挨拶できて光栄の極みです」

騎士の礼節に則ったきれいなお辞儀とともに、穏やかに返事をするエルムハルトさん。

まったく隙のない立ち居振る舞いで……彼の騎士としての優れた素質を感じさせます。

大柄な体格も安心感を与え、接していて気持ちの良い方だと素直に思いました。

「こちらこそお会いできて嬉しいです」

「もったいなきお言葉。オスヴァルト殿下とフィリア様の平穏をお守りするため、今回の演習にも身命を賭して励む所存です」

真剣な口調でエルムハルトさんはそう言ってくれました。

その言葉には嘘や偽りはないと感じさせるほどの力強さがあります。

「頼りにしているぞ、エルムハルト。休憩が終わったらこのあとの演習の段取りを確認しよう」

「はっ！　承知いたしました。それでは――」

そのとき、エルムハルトさんの視線がリーナさんのほうに一瞬だけ向きました。

「――これで、私は失礼いたします」

しかしながら、彼はなにも声をかけることなく演習場に戻ってしまいます。

確かに彼の立場からすると、私やオスヴァルト様の手前……たとえ婚約者が目の前にいようと話をするのは憚られたのかもしれません。

とはいえ、気になる部分もありました。

勝手な私の印象ですが、先ほどのエルムハルトさんの表情はほんの少しだけ寂しそうに見えたのです。

「どうだった？　エルムハルトは」

「えっ？」

「騎士らしい騎士だっただろ？　生真面目で不器用そうだが、頼りがいがある」

「そうですね。力強い目をしていました。誠実そうでしたし、分隊長を任されているのもうなずけます」

オスヴァルト様が高く評価しているとおり、エルムハルトさんは見事な騎士という印象です。

動作からもそれは感じ取れ、礼儀を重んじるその姿から教養も兼ね備えているように見えました。

「ははは、フィリアがそう言ってくれるならエルムハルトも喜ぶだろう。パルナコルタでも随一と言われた膂力は健在だと聞いている」

「それは素晴らしいですね」

年齢を重ねても衰えない力――。

ヒルダお母様はどんなに鍛錬を積んでも体力だけは衰えてしまったと言って、一度は引退しました。

私やミアに施している特訓と変わらぬ鍛錬を積んでいるにもかかわらず、です。

もしも本当に彼が若いときと変わらぬ力を持っているのなら、どれほどの努力をしているのか想像もできません。

「だから安心してくれ。パルナコルタ騎士団は強い。エルムハルトに限らず、誰もが国を守るために頑張っているんだからな」

「はい。それは承知しています。皆さんが力を尽くしてくださっていると」

「そうか。……じゃ、俺はフィリップとあっちの小屋で打ち合わせをしてくるが、フィリアはどうする?」

「わかりました。それでは、こちらで待っていますね」

オスヴァルト様は手をひらひらさせて、演習場の傍(かたわ)らにある小屋へと足を向けました。

——ありがとうございます。オスヴァルト様……。

私の不安を除こうと優しい言葉をかけてくれる彼に心の中で感謝しました。

あなたの大きな背中が国を背負っていけるように、私も全力であなたを支えますね。

「あ～、オスヴァルト様もエルムハルト様も行っちゃいましたね～」

「……リーナさん」

笑顔でこちらを見つめるリーナさん。

しかし、その表情はエルムハルトさんと同じようにどこか寂しそうに見えました。

エルムハルトさんとの婚約の件、やはりなにかありそうです。

「さて、私は夕食の買い物へ行ってまいります。リーナ、あなたはフィリア様の護衛を引き続き頼みますぞ」

「は～い。任せてくださ～い」

リーナさんは右手を上げて、レオナルドさんの言葉に答えます。

オスヴァルト様はフィリップさんとともにいるため、離れても安全だと判断したのでしょう。

……彼はエルムハルトさんやリーナさんの父親と同期。

リーナさんが生まれた頃になにが起きたのか――その辺りの事情について知っているかもしれません。

「レオナルドさん！　少し話があるのですが……」

「フィリア様が私に話、ですか？　これはまた珍しいですな」

「すみません。……ですから、申し訳ありませんが、買い物はリーナさんが行ってきてくださいませんか？」

「夕食の買い物ですか～！　はいは～い！　任せてくださ～い！」

リーナさんは明るく返事をして、あっという間に走っていきました。

軽やかに駆ける彼女を見ていると、先ほどの寂しそうな表情は勘違いだと思ってしまいそうになります。

ですが、それでも私は――。

「レオナルドさん。単刀直入にお聞きしますが、リーナさんとエルムハルトさんの婚約の事情をご存じですか？」

「んんっ？　リーナとエルムハルトが婚約ですと？　いいえ、初耳ですな。……おそらくオスヴァルト殿下もそんな話は聞いていないと思いますぞ。フィリア様、それは誰から聞いたのですか？」

レオナルドさんは私の問いに首を傾げました。

まさかリーナさん、婚約していることを皆さんに言っていないんじゃ……。

――それならどうして私にそれを？

疑問は次から次へと浮かびます。

どうしましょう。

もしかしたら、リーナさんにとって触れてほしくない話かもしれませんし。私が彼女の私的な話をこれ以上レオナルドさんに伝えるのもいかがなものかと。

「……どうやらリーナ本人から聞いたようですな」

「えっと、はい。すみません、まさかレオナルドさんに話していないと思わなかったものですから。この話はここまでということで」

やはりリーナさんが黙っていたことについて、勝手に話してしまうのはよくありませんよね。

気になりますが、これ以上は踏み込まないようにしましょう。

「フィリア様がそう仰るのならば、本来なら話を終わらせるべきなのでしょう。しかし、よろしいのですか？　リーナを心配して事情を探ろうとしていたように見えましたが」

「それは、そのとおりです。ですが――」

「このレオナルド、フィリア様がなにを話されたとしても誰にも言わないとお約束します。それに……リーナは私にとっても大事な同僚。力になれるのならば力になりたく存じます」

リーナさんとエルムハルトさんの様子は少し変でした。

もしかしたら、レオナルドさんに聞けばなにか彼女の役に立てるかもしれない。

お節介かもしれませんが、それでも私は――。

「婚約については……リーナさん自身から聞いたので、間違いありません。彼女が生まれた頃に、エルムハルトさんが大怪我をして――」

私はレオナルドさんにリーナさんから聞いたことをそのまま話しました。

エルムハルトさんがリーナさんのお父様を庇って大怪我をして、そのお詫びとして彼女と婚約させたと。

「――という、お話なんですけども」

「なるほど。そんなやりとりがあったとは……」

すべてを話し終えたところで、レオナルドさんは顎を触りながら考え込みます。

本当に初耳らしく、いつも冷静な彼もさすがに驚いたようです。

「……フィリア様が聞きたい話かどうかはわかりませんが、エルムハルトが大怪我をした日というのは覚えています」

「その話、聞かせていただいても？」

「構いませんよ。騎士団の中では有名な話です。……思えば、私が騎士として大きな戦いに身を置いたのはあの日が最後でしたな」

レオナルドさんが騎士として戦った最後の日？

どこか昔を懐かしむような表情で、レオナルドさんは語り出します。

「フィリア様、パルナコルタ王国の王族が叛乱分子によって襲われた事件をご存じですかな？」

「えっ？　あ、はい。確か、国王陛下が即位してすぐに、陛下の即位を是としない勢力がパルナコルタ王族を襲撃した事件ですよね？」

その事件ならパルナコルタ王国の歴史を調べた際に知りました。

陛下だけでなく、オスヴァルト様やライハルト殿下も襲撃の対象となったという叛乱。

もっとも、王族にとって不名誉となる事実もあるのか、詳しい情報は記録されていませんでしたが……。

「さすがはフィリア様。よくご存じで。あれはパルナコルタ史上、最大の叛乱。通称〝大公の乱〟……エルムハルトはその日、生死の境をさまようほどの大怪我を負いました」

もしかしたらパルナコルタ王国の名前すら変わっていたかもしれなかった事件。

パルナコルタ騎士団の活躍によって叛乱は鎮圧されたと記録に残っていましたが、エルムハルトさんはそのときに……。

「あのときは私もエルムハルトも……リーナの父であるアウルプス男爵も一介の騎士にすぎず、王族の馬車の護衛として周囲を警戒しておりました。……そう、ちょうど今のようにアレクトロン王国の王族たちが巡礼に訪れる時期でしたな」

リーナさんは確か十六歳……アレクトロン王国の王族たちの聖地巡礼は四年に一度。

生まれたばかりのときに婚約者になったと聞いていますし、計算は合います。

アレクトロン王国の王族たちの警護のため手薄になったところを狙われたということですね。

「オスヴァルト殿下やライハルト殿下もまだ幼かったのですが、陛下が即位して初めての国際交流。王族は全員参加させるということで、馬車には両殿下も陛下とともに乗っておりました」

王子二人が不参加となると、外聞が悪い。そう判断したのでしょう。

いえ、陛下の即位後まもなくの不安定な時期だからこそ叛乱分子には負けないというアピールだったのかもしれません。

「不穏なことが起きる気配はなかったのですか?」

「もちろん不埒なことを企んでいる者がいるという噂はいくつかありました。しかし、私たちは叛乱分子の勢力を低く見積もっておりました。どんな手段を用いても人数で圧倒的に勝るこちらの優位は崩れない、と――」

「――っ!?　レオナルドさん！　後ろに跳んでください！」

「なにっ!?」

『グルルルル!!　ガァァァァ!!』

私の声に反応してレオナルドさんが跳躍すると、そこに獣のような姿の魔物が飛び込んできました。

な、なぜ……こんなところに魔物が!?

魔物とは魔界からの影響を受けてできる〝魔物の巣〟から生まれ、その凶暴さと危険性は熊や狼といった動物を遥かに上回ります。

見た目は動物などに似たものが多いですが、決して飼い慣らすことはできません。

厄介なのは遭遇すると見境なく襲いかかってくること。

魔物の量が増えすぎると、その被害は無視できない大きさになります。

だからこそ、聖女の務めの中で魔物の駆除や結界による防御は急務でした。

『ガアアアア!!』『グルルッ!!』

一体だけではありません。

他にも何体もいるみたいです。

よく見ると、小型の昆虫のような魔物もいます。

気をつけなくては……昆虫型の魔物は素早く、弱いわりに討伐難易度が高いのです。

しかし、大破邪魔法陣は展開しているはず……魔物たちは無力化されてほとんど動けないはずなのに。

どういう理屈で魔物が動いているのか、まったく理解できません。

いえ、一つだけ違和感があります。

魔物たちの目に黒く濁った靄のようなものがかかっているような——。

「フィリア様！　ここは私が！」

『キャウンッッ！』

私に向かってくる魔物の一体を、鋭い足技で蹴り飛ばすレオナルドさん。

こういう状況でも冷静に動ける彼は護衛として頼りになります。

「レオナルドさん！　すみません、油断しました。……理屈を考えている暇はありませんね。シルバージャッジメント!!」

「「――っ!?」」

銀十字の刃が次々と突き刺さり、魔物を浄化させ……消滅させます。

――良かった。

魔法がまるっきり効かなくなったというわけではないみたいです。

今度は残りの二体の魔物たちが一斉に襲いかかってきました。

『ガアアアア!!』『グルルル!!』

素早い動きで、的を絞らせないように急接近してきます。

とりあえず結界を張ったのでこちらに近づけない――。

「フィリア様！　危ない！」

「結界を通過した!?」

危ないところでした。

間一髪のところで私は魔物の爪をかわします。

魔物を決して寄せ付けないはずの結界をどうして……？

『グルルルル!!』

考えている暇はありません。

もう一体の魔物がこちらに飛びかかろうとしています。

「結界は効果が薄いようですが、これなら――」

私は手をかざして光の壁を作りました。

魔力によって作られた銀色の光を放つ透明な壁は、ドーム状の結界とは違い平面を守る盾。

鋼鉄よりも硬い強度を誇り……いかなる物理的な衝撃も防ぎます。

『ギャンッ!』

魔物は光の壁に衝突して、こちらに近付けなくなりました。

両手をかざし続けていなくてはならない制約はありますが、たとえ大砲でもこの壁を撃ち破ることは不可能です。

「シルバージャッジメント!」

二体の魔物が怯んだ隙に、光の壁を消して素早く銀十字の刃を放ちます。

『『ギャアアア!!』』

先ほどと同様に断末魔の声をあげて消滅する魔物たち。

強くはなかったものの、結界が通用しない事態にてこずってしまいました……。

「フィリア様、お怪我はございませんか？」

「平気です。レオナルドさんこそ大丈夫ですか？」

「お気遣いありがとうございます。私も傷は負っていません。しかしながら、これは一体……」

魔の力を滅するシルバージャッジメントで消滅したということは、襲いかかってきたものの正体は魔物で間違いありません。

問題はそんな魔物が大破邪魔法陣の中にもかかわらず動いて人を襲ったという事実です。

私の知識では、この事象は説明ができません。

ヒントは魔物たちの目にかかっていた黒い靄だけ。

それがなにを示しているのか、調べてみる必要がありそうです。

「フィリア様！　レオナルド殿！　大変でございます!!」

そのとき、私たちのもとに一人の騎士が走ってきました。

なにが起こったというのでしょうか。

「どうしたのですか？」

「はぁ、はぁ、お、オスヴァルト殿下が！　魔物に襲われて！　負傷しました!!」

「「――――っ!?」」

気が付いたとき、私はオスヴァルト様のもとへと駆け出していました。

「フィリア様！　お待ちください！　無闇に走ると危険ですぞ！」

レオナルドさんの声が後ろから聞こえますが、足が止まりません。

血の気がサーッと引いて、自分の体温がなくなっていく。

オスヴァルト様はご無事なのでしょうか？

もしものことがあったら、私は——。

頭の中の嫌な想像を振り払うように走り、私は小屋の扉を開きました。

◆

扉を開けると、壊れた椅子や机の残骸に倒れた本棚が目につきます。

ここで激しい戦いがあったのは明白です。

「オスヴァルト様！　オスヴァルト様!!」

不安で胸がいっぱいになりながら彼の名を叫びます。

——部屋の中に人の気配が感じられない？　まさか……。

「オスヴァルト様、どちらにいらっしゃいますか!!」

馬鹿げた想像を首を振って否定して、周囲を見回します。

フィリップさんやエルムハルトさんもいたはずなのに。

背筋が寒い。

「フィリア、なにがあったんだ？　顔色が悪いぞ」

「――っ!? お、オスヴァルト様?」

その声を聞いて私ははじかれたように振り向きました。

小屋の裏側にあった大きな穴からオスヴァルト様がこちらに入ってきたのです。

ああ、良かった。

彼の姿を視界に入れた途端、私は全身の力が抜けてしまいました。

「ご、ご無事だったんですね! 怪我をされたと聞いていたので! 私は、私は……」

「おっと、心配させてしまったみたいだな。このとおりかすり傷しか負っていないよ。伝達に送った騎士から聞いていなかったのか?」

そういえば、駆けつけてきた騎士の話をすべて聞き終える前に、私は駆け出したような気がします。

オスヴァルト様に腕の軽い打撲のような痕(あと)を見せられて、私の体温はグンと上昇してきました。

どうして話も聞かず飛び出してしまったのでしょう。

――も、ものすごく恥ずかしいです。

「ありがとう。心配してくれて」

「お、オスヴァルト様」

柔らかな笑みを浮かべた彼は私の手を引き立ち上がらせて、安心させるように語りかけてくださいました。

……本当に良かった。

勘違いで、焦って醜態をさらしてしまいましたが……オスヴァルト様の無事を一刻も早く確かめたかった。

彼の温もりに触れてほっと息を吐きながら、そう思います。

「フィリップやエルムハルトも無傷ではないが無事だ。室内だと戦いにくいから、魔物が空けた穴から出たんだ」

「そうだったんですね……」

オスヴァルト様は自らが入ってきた穴へと視線を送ると、エルムハルトさんたちの無事も伝えてくれました。

とにかく、皆さんの治療をしましょう。

「セイント・ヒール！」

私はオスヴァルト様たちの治療をするために、魔法を使います。

彼の言葉のとおり、フィリップさんとエルムハルトさんも怪我を負っていました。

切り傷や打撲といった軽いものでしたので、一分もかからずに癒せるでしょう。

小屋の裏側には魔物の亡骸が数体横たわっています。

「すまないな、フィリア。だが、おかげですっかり良くなった」

「フィリア様！　私とエルムハルトの治療まで……お手を煩わせてしまい申し訳ございません！」

「ありがとうございます。まさか、聖女様に治療していただけるとは……」

治療が終わると、フィリップさんとエルムハルトさんは大きく頭を下げました。

聖女として傷付いた方々を放っておくことなどできませんので、お礼を言われる程のことではないのですが……。

「オスヴァルト殿下、実は私とフィリア様も魔物に襲われまして」

「な、なんだと!?」

一息ついた頃、後から駆けつけたレオナルドさんが、オスヴァルト様にそう報告します。

オスヴァルト様が魔物に襲われたと聞いて、すっかり頭から抜け落ちていましたが……そうでしたね。

「大破邪魔法陣の効力は失われていないはずなんです。なにが起こったのか私にもわかりません」

「……なるほど。俺は魔法についての知識はないが、フィリア、もしかしてあなたたちを襲った魔物も目に黒い靄のようなものがかかってはいなかったか？」

「目に靄？　はい！　かかっていました。オスヴァルト様、なにかご存じなんですか？」

襲いくる魔物に覚えた違和感。

それは目に黒い靄のような異質なものがかかっていたということ。

その正体を解明すれば原因がわかると読んでいましたが、どうやらオスヴァルト様には心当たりがあるみたいです。

「知っているのは、俺よりもレオナルドやエルムハルトのほうだろう」

「「………」」

彼の言葉に、レオナルドさんとエルムハルトさんはお互いの顔を見てうなずき合います。

彼らはあのような魔物と遭遇した経験があるということでしょうか。

「これは〝大公の乱〟のときと似ていますな。あのとき、殿下たちを襲ってきた魔物たちにも同様の異変が見られました」

「えっ？」

歴史の文献には〝大公の乱〟は叛乱分子による襲撃としか記述されていませんでした。

それに魔物たちが絡んでいる？

一体、過去になにがあったのでしょうか……？

「フィリップ、演習は中断する。兄上に今回の件の報告と〝魔性のナイフ〟の所在を確認してもらってくれ」

「はっ！　承知いたしました！」

フィリップさんはオスヴァルト様の指示を受けて、大きな返事をしました。

ライハルト殿下に所在を確かめる？　それに、聞き覚えがない名前が出てきました。

「オスヴァルト様、〝魔性のナイフ〟とはなんでしょう？」

「ああ、フィリアには話していなかったな。〝魔性のナイフ〟とは神具の名前だ」

「神具ですか……」

神具とは神の力が付与されているアイテム。

それが〝大公の乱〟や今回の魔物の件とどんな関わりがあるのでしょう。

「〝魔性のナイフ〟はナイフで傷をつけた魔物たちを傀儡にして、自在に操ることができる効果がある危険なものだ。〝大公の乱〟のとき、王宮の宝物庫からラーデン大公に与する者の手によって盗み出されて、俺や陛下たちは魔物に襲われたことがある」

〝大公の乱〟の裏にそんなことが……。

おそらく危険なアイテムに関する情報を伏せておくという意図で、歴史書には記されていなかったんですね。

「フィリア、そういうわけだ。今日のところは屋敷に戻ろう。〝魔性のナイフ〟が誰かに盗まれているとなると、由々しき事態だ」

「わかりました。あとで、〝大公の乱〟について、もう少し詳しく教えてくださいませんか？」

「もちろんだ」

オスヴァルト様の言葉に促され、私たちは馬車に乗り、屋敷へと戻りました。

◇（レオナルド視点へ）

あれからもう十六年が過ぎたのですな。

道理で、白髪の数も増えたわけだ。

あの頃の私は王宮の騎士として日々国のために剣を振るい続けていた――。


『段取りは伝えたとおりだ。叛乱分子どもが陛下の御身を狙って不届きな行為を働くやもしれん。人数は少ないが、くれぐれも油断するでないぞ』

フィリップ殿の祖父、ジーン・デロン。

当時は彼が騎士団長でしたな。

アレクトロン王国の王族たちの巡礼の一月ほど前に、エーゲルシュタイン国王陛下は即位された。

しかし、それを良しとしない勢力が度々いざこざを起こしており、パルナコルタ王国内の治安は乱れていたのである。

『騎士団長殿！　ラーデン大公の居所は摑めていないのでしょうか⁉』

『うむ。遺憾ではあるが、叛乱者ラーデンを匿う貴族も多い。足取りは未だ摑めぬ』

ラーデン大公――先代国王の弟君であり、大公の地位を持つパルナコルタ王国における最高位の貴族。

彼は親しみやすい人柄で国民からの支持も厚く、人を惹きつけるカリスマ性があった。

先代国王が即位したときも、彼を国王にという声が大きく、大公という地位もその声を黙らせるために特別に用意されたものだ。

――しかし、それがいけなかった。

ラーデン大公を国王に君臨させてほしい。

その熱望は膨れ上がる一方でいつしか叛乱の火種となり、エーゲルシュタイン陛下が即位した際に大きく燃え上がったのである。

『騎士団にも謀反を働こうとした者がいた。諸君らの中にまだ裏切り者がいるとは思わんが……我らの戦力も十全ではない。心して任務にあたれよ』

『『はっ!!』』

騎士団の中にもラーデン大公と懇意にしていた貴族の家の者がいた。

それらの排除に成功したのは良いが、戦力は当然落ちる。

さらに、このタイミングでのアレクトロン王族の聖地巡礼。

陛下たちを守る任務にあたる騎士団の状況は決して万全とは言えなかったのである。

『エルムハルト・クランディ、リュオン・アウルプス、そしてレオナルド・エルロッド。貴公らは今回の護衛任務の要だ。私は陛下よりアレクトロン王族の警護に向かかえと仰せつかっておるゆえ、当日は貴公らが中心となり陛下たちをお守りするのだ！』

エルムハルトとリーナの父であるリュオンと私は同期で騎士団に入り、武勲を立て、パルナコル夕三騎士などと呼ばれていた。

——あの頃の私はまだ若く、自らの力を過信していたのだと思う。

いや、自らの力のみならまだ良かったかもしれない。

エルムハルトとリュオンがともに居れば、どのような事態になろうとも対処できる。

仲間の力も含めて、私は信じ切っていたのだ。

『レオナルド、明日はエルムハルトの周りをフォローできるように注意してくれ』

『リュオン、どうした？　エルムハルトになにかあったのか？』

『いや、特に……確信があるわけではないのだが。最近の奴は精彩を欠いているように見えてな。

俺も気を回すが、お前も頼む』

ある日の仕事終わりにリュオンが私にそう話しかけてきた。

騎士団の中でのエルムハルトに対する評価は、誰よりも高かった。

私たちは三騎士などと言われていたが、次期騎士団長は彼だと言われるほど飛び抜けていたのだ。

そのような男のフォローに回れなど到底信じられない発言で、私は耳を疑った。

『あの男が精彩を欠いているとは思えないが……』

『うむ。もちろん、俺の勘違いかもしれん。だからお前にだけ頼むと言っているのだ』

だが、リュオンもまた実直な男。

彼の真剣な表情からは、エルムハルトを貶めてやろうというような意思は感じられない。

『わかった。気を回しておこう』

『ありがとう。くれぐれもあの男の耳には入れないでくれ。俺も親友の力を疑いたくはないのだ』

『ああ、それも約束しよう。……そういえばまた子供が生まれたらしいな。今度祝いの品を送らせてくれ』

『耳が早いな。初めて女の子が生まれたんだよ。妻がリーナという名前をつけた』

『リーナ？　良い名前だな。では、リーナの誕生を祝ってなにか良いものを送らせてもらおう』

当たり前だが……彼女の名前を聞いたときは、まさかこうして同僚としてフィリア様に仕えるなどとは思わなかった。

リュオンが真面目すぎる男だったがゆえに、リーナの奔放さは意外であったが、護衛としての高い能力は父親譲りだと納得もした記憶がある。

フィリア様からエルムハルトとリーナの婚約を聞いたとき、私はこの日のリュオンとの会話を思い浮かべた。

リュオンの真面目すぎる性格。そして翌日に起こった事件。

それが結びついたような気がしたのだ――。

◆

『レオナルド！　お前も俺と馬車に乗れよ！　もっと話を聞かせてくれ！』

『オスヴァルト殿下、申し訳ございません。私はこれから仕事ゆえ、殿下と旅行を楽しむわけにはいかないのです』

『ふーん。そっか！　仕事頑張れよ！　じゃあ話の続きはあとにするよ！』

幼い頃のオスヴァルト殿下には妙に懐かれ、この時期はよく話し相手をしていた。

腕白で少々やんちゃなところもあったが、優しく人に対して気を遣える利発な少年であったのをよく覚えている。

『リュオンにレオナルドは、殿下から護衛の指名を受けていると聞いた。……騎士を辞めるのかい？』

『んっ？　その予定だ。私がいなくなっても、お前が支えれば騎士団は問題あるまい』

ちょうどその頃、オスヴァルト殿下の護衛にならないかと陛下より打診があった。

平民の出自である私にとって、これ以上ない名誉な話である。

なぜなら、王族の護衛は基本的に貴族出身の騎士やそうなるべく訓練を積んだ貴族の者から選ばれるからだ。

護衛になれば、爵位をいただけるほどではないが貴族の位は与えられる。

決して裕福ではない実家の暮らしも多少は楽になる。

オスヴァルト殿下の護衛になれという打診は私にとって渡りに船であったのだ。

『あまり僕を過大評価するな。君からそう言ってもらうのは嬉しいが、騎士団を支えるなど僕には荷が重い。なんせクランディ家の血を引いているにもかかわらず、魔力を持ち合わせていない落ちこぼれなのだから』

エルムハルトは昔から何故か自己評価の低い男であった。

私にはそれが不思議でならない。

なんせ彼は三男とはいえ侯爵家の生まれ。

平民である私はもちろん、リュオンよりも高貴な出自だ。

——その上、腕も立つ。

確かにクランディ家といえば、パルナコルタ王国の歴史に名を残した高名な魔術師を幾人も生んでおり、聖女になった者さえ幾人もいたほどの名門貴族だ。

嫡男は必ず魔力を持つ者を伴侶に迎えており、その地位を守ることを徹底していると聞く。

その甲斐あって聖女の輩出に関してはボルメルン王国のマーティラス家、ジルトニア王国のアデナウアー家と並んでいた時代もある。

だから魔力を持たぬことがエルムハルトにとってコンプレックスになっていることはわかる。

だが、それを差し引いても彼は強い。

騎士団長のジーン殿は槍の達人ゆえ、どちらが強いかと言われると意見は分かれるが、剣の腕前ならエルムハルトが間違いなくパルナコルタで随一と言えるだろう。

私はエルムハルトという男を尊敬していたし、親友だと思っていた。

『お前こそ謙遜はするな。私だけでなく、騎士団の皆がお前の実力を認めているのだ。お前自身が認めてやらなくてどうする』

『認める、か。……そうだな。君の言うとおりかもしれないな。ありがとう』

私の話を聞いて彼は確かに笑った。

寡黙で、表情の変化に乏しいという印象の男だったから、シラフでの笑顔を見るのは初めてだった気がする。

ただ、笑っているのに……どうしてだろう。

どこか寂しそうな、孤独を映し出すような、そのような印象であった。

『随分と素直じゃないか。まぁ、私が殿下の護衛になるのはまだ先の話だ。……それより今日はなによりも大事な仕事があるだろ？　陛下を、殿下たちを守らなくては』

『……うん、そうだな。抜かるなよ』

『エルムハルト……』

『レオナルド、すまなかったな。変な話をしてしまった。僕はそろそろ持ち場につくとするよ』

エルムハルトは背を向けながら、私に声をかけ、持ち場へと歩く。

リュオンの言葉が現実味を帯びたような、そんな気がした。

——覇気が衰えている。

温和な性格はいつものことだが、目の輝きが色褪せているように見えて、私は漠然と嫌な予感がした。

『だが、それでも負ける戦ではない』

握りしめた拳に視線を落としながら、独り言をつぶやく。

エルムハルトの調子が悪かろうと、叛乱者たちに不覚を取るなどあり得ない。

私とリュオンがフォローすれば、危機的状況とは無縁だ。

馬車が〝シバルツ遺跡〟に向けて出発し、私たちは来るかもしれぬ戦いに備えて厳重に警戒しながら馬を走らせた。

◆

『はぁ、はぁ……殿下……!!　危険ですので、下がってください!!』

『レオナルド！』

まさか、こんなことが起こるなんて考えもしなかった。

叛乱者たちが魔物を大量に従えて、王族の馬車を襲撃してくるなど……。

全身に傷を負いながら、私は幼いオスヴァルト殿下を守るため剣を振るう。

『グルルルルルッッ!!』

目に黒い靄がかかっている魔物たちは、まるで何者かに命令されたかのように王族たちを狙ってきた。

あとで聞いた話だが、〝魔性のナイフ〟という神具による効果で操られていたらしい。

我々は魔物を討伐することには慣れていたが、如何せん数が多すぎた。

それらが一斉に馬車目掛けて襲いかかってくるものだから、私たちは面食らい対応が後手後手に回ってしまったのである。

私の人生であれほど狼狽して、無様をさらしたことはなかっただろう。

怯える幼いオスヴァルト殿下を死守しながら、流した血を顧みず、寄ってくる魔物をがむしゃらに斬り伏せる。

混乱の中で私の頭には最悪の事態が過った。しかし――。

『魔物たちの動きが変わった？』

こちらもあとになって判明したことであるが、〝魔性のナイフ〟の効果は有限らしい。

ナイフを握っている間、使用者の魔力が少しずつ消費され……最終的には尽きてしまうからだ。

ナイフの効果が切れた魔物たちは馬車を狙うという命令を失い、統率力も消え去った。

幸いナイフの所有者の魔力は半日程度で尽きてくれた。

徐々に我々の勢いが魔物たちを大きく凌駕し、殲滅することができた。

『皆のもの、大儀であった！　傷ついた者は至急手当を受けるがよい！』

陛下は我々に労いの言葉をかけてくださり、我々は安堵する。

私は全身に傷を負ったものの深手には至らず、応急手当を受ければ動くことができた。

他の騎士たちも無傷の者はいなかったが、致命的なダメージを受けた者がいなかったのは幸運と言えよう。

ただ、一人だけを除いて――。

『エルムハルト！　エルムハルト！　しっかりするんだ！　すぐに迎えの者がくる！　意識を保て!!』

ただ一人、致命傷と言えるほどの大怪我を負ったのはエルムハルトである。

リュオンはそんな彼の傍らで、救援が来るまでずっと声をかけ続けていた。

精彩を欠いている、という彼の懸念が現実になったというわけではない。

むしろ、絶望的な状況下で……一騎当千の活躍により、騎士団の士気を高めていたのはエルムハルトその人である。

私はフォローに回ろうと気を遣っていたにもかかわらず、いざ襲撃が起きると自分のことで精一杯となっていた。

それゆえ、その活躍を目にしたわけではないが、彼の勇猛果敢な戦いぶりを見ていた同僚は後にこう語っていた。

『あのときのエルムハルト殿の気迫は、未だかつて見たことがない。普段の温和な彼とはまるで別の人格が乗り移ったように見えた』

彼の気迫は凄(すさ)まじいもので、魔物たちを斬り伏せる姿は見る者に勇気を与えた。

ただでさえエルムハルトは強かった。

しかし、このときの彼の力は鬼神のごとくであったと評されるほどだった。

『エルムハルト！　どうして俺を庇った!?　俺は！　俺は！　お前を――』

リュオンは魔物たちの苛烈な攻めに苦戦を強いられ、バランスを崩してしまったらしい。

そこに魔物たちの凶刃が容赦なく彼の急所を狙い、リュオンは死を覚悟した。

だが、彼は無事であった。

エルムハルトが彼を庇い、魔物たちの鋭い牙や爪をその身に受けたからである。

『エルムハルト……!!　なぜ、俺などを……!!』

涙を流しながらリュオンはエルムハルトに理由を尋ねた。

だが、すでに彼の意識はなく……その返事を聞くことはできなかったという。

◆

『リュオン、あまり気を落とすな。エルムハルトは自分の意思でお前を庇ったんだ。あまり気に病むとあいつの心意気に傷がつく』

『……レオナルド、俺はあいつの力を疑ってお前にフォローを頼んだんだぞ。そんな俺があいつの足を引っ張るどころか……命を奪いかけたんだ。こんな情けない話はないじゃないか！』

幸い、エルムハルトは一命を取り留めた。

しかしながら、怪我の影響は大きく、しばらくは動くことすらままならないという。

医師によれば、騎士への復帰は難しいとのことだ。

『私もエルムハルトの目から覇気が失せているように感じた。お前が勘違いするのも無理はなかった。次期騎士団長と評されたあの男が騎士団を去るかもしれないのは手痛いが、あいつは侯爵家の三男坊。食べていくのは――』

『違うのだ！　あいつは騎士として活躍する以外に未来はなかった！』

『……どういうことだ？』

平民である私は、この日まで上流貴族の出自であるエルムハルトをどこか羨ましく思っていた。

騎士団の中に貴族の生まれの者は多いが、それでも侯爵家出身の者はそうはいない。

騎士としての実績はすでに十分。騎士団を辞めてもいくらでも潰しが効くと思っていた。

『これはあいつが深酔いしていたときに聞いた話で、誰にも言っていないのだが……エルムハルトは妾の子だ』

『――っ!?』

『侯爵殿の愛人であった女性との子供らしい。母親が亡くなり、世間体を気にして引き取ったのだとか。……家での風当たりは強く、穀潰しはいらないと半ば強制的に騎士団に入れられたらしい』

初めて聞いた。

あいつとは親友だと言っても良い間柄だと思っていたが、このことは余程知られたくなかったのだろう。

酒の席で漏らしたことを後悔した彼は、リュオンにも固く口止めしたそうだ。

『騎士として名を上げれば、爵位も手に入るかもしれん。そうすれば、家から独立してやっていける。あの男はそれを期待してあれほどの腕前になるまで努力し続けていたのだ』

『……そうだったのか』

『それが俺を庇ったせいで引退、そうでなくても出世コースからは確実に外れるだろう。俺はあいつの人生を奪ってしまったんだ』

そのときのリュオンの苦しそうな表情は、とても見ていられなかった。

だが私もエルムハルトの穴を埋めながら、その後も各地で起こる叛乱を収めるために戦い続けなくてはならない日々を送ることになり、彼を気にかける暇がなかった。

リュオンが娘であるリーナをエルムハルトの婚約者に据えたのは、間違いなくこのことが原因だろう。

◆

『ようやく叛乱が収まったようだ』

叛乱の首謀者であるラーデン大公はアレクトロン王国との国境沿いで焼死体となって発見された。

大公は、アレクトロン王族を人質にしてアレクトロン王国を経由しての逃亡を計画。

しかし、当時のアレクトロン王国の第一王子エヴァン殿下が襲いくるラーデン大公の一派を魔法で焼き払い、計画は失敗に終わった……。

エヴァン殿下の母親はアレクトロン王国の聖女であり、彼自身もまた優れた魔術師だった。

ちなみに殿下自身はまさか襲いくる賊の中にパルナコルタの大公がいるとはつゆ知らず、その正体を知り大層驚いたそうだ。

互いの国にとって不名誉なラーデン大公の死の真相はアレクトロン王国との話し合いで公にしないと密約をし、公式文書にはその事実が残らなかった。

パルナコルタ王国の王族たちを窮地へと追い詰めた〝魔性のナイフ〟も無事に回収。

当時は知らなかったが、神具を使うためには魔力だけでなく、ナイフで魔物を傷付けなくてはならないなど、条件が簡単でなかったらしい。

おかげで敵方が戦力を整えようとする前に、私たち騎士団の手によって奪還は成功した。

そして叛乱は終息したのである――。

第二章 定められた道

chapter Two

「なるほど。〝魔性のナイフ〟の魔物を操る力。やはり脅威ですね……」

オスヴァルト様から〝大公の乱〟と〝魔性のナイフ〟についての話を聞き終え、私は改めて事態の深刻さを認識しました。

パルナコルタの歴史上最大の叛乱(はんらん)。

その際に使用された神具は厄介などという言葉では収まりません。

実際に対峙(たいじ)したレオナルドさんなどは、かなり脅威に感じたことでしょう。

「〝大公の乱〟が終息したときに〝魔性のナイフ〟はちゃんと回収したはずなんだがな」

神具の研究は秘匿されていて、私もその力の多くを知りません。

魔物を操るという神具の存在は今日初めて知りました。

邪(よこしま)なる力を無効化する大破邪魔法陣の効果は、魔物の力を極限まで弱らせて満足に動けなくするというものですが、まさかその効果を打ち破るとは……。

どのような理屈なのかわかりませんが、これは由々(ゆゆ)しき事態です。

「〝魔性のナイフ〟は〝大公の乱〟以降は隔離された場所に保管されている。その場所を知る者は陛下と兄上と俺……そしてごく一部の者だけだ」

「それだけ〝魔性のナイフ〟とやらが危険なものだという認識に変わったんですね」

「そのとおり。……フィリアのおかげでこの国は魔物の被害を免れているが、その頃の魔物は聖女や騎士団の力を以てしても厄介極まりない存在だったんだ。にもかかわらず宝物庫に保管しておいたのは、あまりにも迂闊だったと言えるだろう」

基本的に魔物には知性はなく、本能的に人を襲うことはあれど、特定の人物を狙うなどの行動はできません。

しかし、魔物は鍛えられた騎士ですら対処を誤ると怪我では済まなくなるほど強力。

それを自在に操作できる能力を持つ〝魔性のナイフ〟は、魔物の弱点を補ってしまう非常に危険なアイテムだと言えるでしょう。

もしも、悪意のある人間の手に落ちれば、その被害は甚大なものになります。

「そのごく一部の者、という方々は誰なのですか？」

「フィリップやエルムハルト、騎士団の幹部の一部だな。あとはクランディ侯爵など魔法についての専門家か。……もちろん誰もが信頼のおける人物だ。なにかあったときに捜索しやすいようにしている。もっとも隠し場所に踏み入ることができるのは兄上と陛下のみ。俺すら禁止されているがな」

なるほど。王族を除くと、騎士団長や分隊長、そして信頼のおける魔法の専門家などが知っていると……。

ごく僅かなのは確かですが、情報が漏れる可能性はありそうですね。

「ですから、ライハルト殿下には至急報告をされたのですね。確認をしていただくために」

「そのとおりだ。直に連絡がくると思うが――」

そのとき、オスヴァルト様の身に付けているブローチ型の魔道具が振動しました。

この魔道具は、先日私がプレゼントしたもの。

公務などでなにかと連絡を取る必要もあるかと思い、前に作ったブレスレット型の魔道具と同じ効果のものをオスヴァルト様のために作製したのです。

振動は、魔道具が通信を受信しているという合図。

「ここを二度叩けばいいんだよな？」

「はい。それでライハルト殿下の魔道具と繋がります」

私の返事を聞くと、オスヴァルト様は魔道具の宝玉を叩き……ライハルト殿下との通信を繋ぎます。

『……オスヴァルト、良くない事態になった』

「それじゃあ〝魔性のナイフ〟はやはり……」

『ああ、お前の危惧していたとおり〝魔性のナイフ〟は盗まれていたよ。ついでに言えば犯人の手がかりもない。聖地巡礼のこの時期に厄介な状況になったな……』

ライハルト殿下の声が暗い。

殿下もまた〝大公の乱〟の経験から、事態の重大性を感じているのでしょう。

「ハルヤが先日フィリアを狙う者の存在をほのめかした。俺も襲われたが、ナイフの使用者の狙いが彼女という可能性もある」

『まだ決めつけるには早計だが、十分に考えられるな。……私は大叔父上、いやラーデン大公の意志を引き継ぐ者の仕業も疑っているが』

「〝大公の乱〟を真似ている、と？」

『そこまではわからんが、この時期に〝魔性のナイフ〟が絡んでいる以上は無視できないだろう。……どちらにしろ、フィリアさんが危害を加えられそうになったのは事実。警護をさらに強化する必要がありそうだ』

「そうするつもりだ。フィリアには指一本触れさせない！」

グッと拳を握りしめて、オスヴァルト様は立ち上がります。

私のために普段は温厚な彼がここまで怒ってくださっている。素直に嬉しいです。

『〝魔性のナイフ〟についての調査はすでに始めている。それと明日、考古学者のリック・リュケイルをそちらに向かわせよう。〝魔性のナイフ〟について詳しい話を知ればフィリアさんが自らの身を守る助けになるかもしれない』

リックさんは考古学者であり神具についての研究のエキスパート。

おそらく〝魔性のナイフ〟についての情報も正確に伝達できるだろうと彼を選んだのでしょう。

「ライハルト殿下、お気遣い感謝します」

『礼には及びません。私にできることはこれくらいですし、フィリアさんの知恵を借りたいと図々しくも思っているのですから。弟の助けになってあげてください』

「兄上……」

そう言い残して、ライハルト殿下との通信は切れました。

しかし、やはりナイフは紛失していましたか。

一体誰がなんの目的でこんなことを……。

◆

「えー、今回ですね……ライハルト殿下より〝魔性のナイフ〟についての情報提供をするように仰せつかりました、リック・リュケイルです」

ライハルト殿下と話した翌日。

リックさんが私たちのもとにやってきました。

「えー、そうですねぇ。まず、ナイフの所在につきましては、ライハルト殿下のほうで調査班を作り捜索にあたると仰(おつしや)っていました」

「なるほど。俺もハルヤに頼んでみるとするか」

ナイフの奪還は急務です。

このまま野放しにしておくわけにはいきません。

「そして、早速ですが、私がこの場にきた本題に入りましょう。えー、フィリア様に〝魔性のナイフ〟について改めてご説明をさせていただこうかと」

「よろしくお願いいたします」

神具の中でも秘匿されていたという〝魔性のナイフ〟の知識はありません。

オスヴァルト様のお話で聞いた情報のみです。

できるならば知っておきたいと思っていましたので、ライハルト殿下の配慮は渡りに船でした。

「ええー、それではお話をさせていただきます。ナイフの特性は傷付けた魔物を有限ではありますが、自在に操ること。王都程度の範囲内ならば離れていても操作可能です」

「では、襲撃が起きたときナイフの所有者が近くにいたとは限らないのですね？」

「ええーっと、はい。仰るとおりです。ナイフの柄を握りしめていれば、見えない場所でも魔物の操作は可能ですからねぇ」

思ったよりも〝魔性のナイフ〟の所有者を見つけ出すのは困難になりそうです。

魔物が襲ってきたとき、私は周囲を探りましたが怪しい存在は感知できませんでした。

ですから、ある程度離れていても神具の効力は維持できると推測していました。

しかし、まさか王都並みの範囲をカバーできるとは……身を隠されると厄介ですね。

「ただ、任意の魔物に複雑な命令をするときは、その魔物がナイフの所有者の見える範囲にいる必要があります」

「複雑な命令？」

「例えば、二体魔物がいて、一体はフィリア様を襲わせてもう一体はナイフの所有者の護衛にするとか……そのような命令です。はい」

「今回の襲撃はどうなんでしょう?」

「えぇーっと、すべての魔物の近くの人間を襲えというような単純な命令のように見えます。はい」

「なるほど」

どの魔物もレオナルドさんも私も見境なく襲っていましたし、リックさんの見解に私も同意します。

とすると、やはりあの場の近くに犯人がいたという可能性は低そうです。

「誰でもナイフを扱うことはできるのですか?」

「いえ、えぇーっと、魔力を少しでも所持していないと効果を発揮しません。〝魔性のナイフ〟が効果を発揮するには微量ながら魔力が必要だと研究結果が出ております。はい」

「すると使用者の魔力量によって効果が持続する時間が異なるのでしょうか?」

「そのとおりです。ええ、ええ。フィリア様の仰るとおり、魔力が大きな者ほど効果は継続します。〝大公の乱〟の実行犯は魔術師としてはさほど実力が高くなかったので、半日程度で魔力が尽きてしまったと言われております」

それでも半日も効果が続くということは、大きな魔力を持った者が持つと一日……いえ数日継続するということもあり得るかもしれませんね。

「ナイフによって傷付けられた魔物は、私の大破邪魔法陣の効力が無効化されていました。その理屈はわかりますか？」

「ええーっと、はい。あくまで憶測の域を出ないのですが、神具〝魔性のナイフ〟は切りつけた魔物の頭の中を支配し思考や行動を意のままに操ることができるという研究結果があります。えー、ですから魔物自体を動かしているのはナイフを介して伝達される使用者の魔力なんですねぇ」

「使用者の魔力、ですか……？」

「ええ。つまり、その。大破邪魔法陣の効果というのはあくまでも魔物に限定されたもの。しかし、〝魔性のナイフ〟の使用者は人間ですから。人間の魔力によって操られた魔物の力は魔法陣によって打ち消されないものだと推測しているのです。はい」

なるほど。大破邪魔法陣によって影響を受けるのは魔物、すなわち魔物の活力を構成する魔力のみ。

その視点で考えてみたということですか。

確かにそういう視点で今回の状況を考えてみると納得できます。

例えば、大破邪魔法陣によって動けなくなった魔物を、私が自らの魔力を用いて作った鎖で操り人形のように動かす……これは可能です。

魔法陣の影響を受けない私自身の魔力で操っているのですから、当然でしょう。

〝魔性のナイフ〟も理屈で言えば、それと同じ。

ただ、神具の効果によってもっとスマートに、頭の中を操るという繊細なことを行っているので、傍(はた)から見ていると大破邪魔法陣の効果を魔物が打ち破っているように見えるのです。

そもそも、そう見えている時点でかなり由々しき事態と言えるのでしょうが……。

ただ、そういう理屈ならば希望も見えてきました。

「では〝魔性のナイフ〟の効果さえ切れれば、魔物たちは再び大破邪魔法陣の影響下に収まるのですね？」

「ええーっと、私個人の推測ではそうなるはずだと読んでいます。はい。魔物が動けているのは、あくまでも〝魔性のナイフ〟で操っている人間の魔力とナイフ自体の力によるものですから」

――リックさんの推測が当たっていれば、最悪の事態は避けられそうですね。

しかし、もう一つ気になることがあります。

「先ほど〝魔性のナイフ〟は魔物の頭の中を支配する効力があるといっていましたが、頭部を損傷しないと魔物の活動は止まらないのでしょうか？」

「い、いえ、ええーっと、そうとは限りません。生き物としての法則に則っていますので、心臓など急所を損傷したり、大量に血液を失ったりすれば……つまり致死に追いやると活動は停止するという実験結果がありました」

「そのあたりは普通の生き物と変わらないということですね」

「は、はい。えー、そうです。〝魔性のナイフ〟は発見から保管場所が秘匿扱いになるまでの期間しか実験ができておらず、情報は十分ではありませんが、この情報は確かです」

こちらについては、実際に〝魔性のナイフ〟によって操られた魔物と戦った経験があるレオナルドさんやエルムハルトさんに話を聞けば裏付けが取れますし、まず間違いないでしょう。

「リックさん、ありがとうございます。〝魔性のナイフ〟の特性について理解できました。対策についても考えられるかもしれません」

「ええーっと、本当ですか？」

「すぐには難しいですが、仕様がわかったので弱点も自ずと見えてくるかと」

さすがは神具というべきか、厄介極まりないアイテムであることは間違いありません。

しかし、話を聞く限りでは万能ではありません。

それならば、なにかしらの打つ手があるでしょう。

「さすがはフィリア様です」

「いえ、まだ可能性を見つけただけですので。……オスヴァルト様、まずは〝魔性のナイフ〟の所在を明らかにすべきかと思われますが、いかがでしょう？」

「そうだな。魔力を持つ者しか〝魔性のナイフ〟を使えないのならかなり絞られるはずだ。リストアップしてハルヤたちに探らせよう」

オスヴァルト様の仰るとおり、魔力を所持する者は少ない。

そしてなにより……〝魔性のナイフ〟の存在ないし隠し場所を知ることができる者はさらに少ない。二つを満たす存在となれば随分絞られるはずです。

容疑者を割り出すのは容易でしょう。

「……あっ！　ええーっと、オスヴァルト殿下。ライハルト殿下から伝言がございます」

「んっ？　兄上から？」

リックさんの言葉に反応したオスヴァルト様は、身を乗り出して彼の言葉を待ちます。

この状況、そしてアレクトロン王国の王族が訪問されるというこの時期。

ライハルト殿下からの提案はおそらく――。

「ええー、ライハルト殿下はそのう。国内でこういう事態が起こっている以上、アレクトロン王族の巡礼を中止にしてもらうように取り計らったほうがよいのでは……と仰っていました。ええーっと、はい」

「なるほど。……うーん。兄上の提案はもっともだな」

腕を組んだオスヴァルト様は、腕を組み少し考えたのちにそう口にしました。

「だが、中止にすれば、南方より合同演習にきてくれたエルムハルトたちの面子も立たないだろう。それに王都の騎士団の力を疑っているとも捉えられかねない」

オスヴァルト様はエルムハルトさんたちへの配慮も忘れていません。

確かに事情を知らない騎士団の方々が、自分たちの力を過小評価されていると感じる可能性はあります。

「面子よりも安全。それはわかっているんだけどな。もしも、巡礼を中止にするなら俺が頭を下げれば良いとして――」

「オスヴァルト様……」

かつて魔界の接近を進言したとき、責任をすべて取ると言いきり、予算を上げようとされました。

誰よりも優しい彼だからこそ、誰かを守るためには体裁など気にされないのでしょう。

「……しかし、犯人の目的がわからんから判断を迷ってしまう。アレクトロン王国との関係を悪化させることこそ目的かもしれない」

「その可能性は私も考えました」

聖地巡礼の時期を狙って、あのような襲撃を起こした理由。

それが巡礼の中止を狙ったものだと考えると、両国の関係悪化が目的だと考えるのは自然です。

「そして、パルナコルタ王国が正体不明の叛乱者の思惑どおり動いたとなると、フィリアを狙う者を調子付けることにも繋がりかねない。この点は留意の上で決断をしないとな」

オスヴァルト殿下の考えは理に適(かな)ったものです。

安全を優先したとしても、それが相手の計画の一環であるならば……二の矢が放たれるのは明白。

相手の正体や目的がわからない以上、話は単純ではないのです。

中止か続行か……。オスヴァルト様は難しい決断を迫られています。

「リック殿、少しだけ時間をくれと兄上に伝えてくれないか？　必ず間に合うように結論を出すから」

「え、えぇーと、はい。承知いたしました」

いきなり神具が盗まれて、操られた魔物が襲いかかるという事態。

最善の道を即座に選択しろという方が無理な話です。

オスヴァルト様はどのような結論を下すのか……私ならおそらく――。

◆

「リックさんがお帰りになりました～！　お茶のおかわりはいかがですか～！　オスヴァルト殿下～！　フィリア様～！」

リックさんが部屋から出て間もなくすると、リーナさんが顔を見せました。

「俺はこれからどうするか考えるため書斎に行ってくるから、フィリアにだけ淹れてやってくれ」

「そうですか。お茶でも飲みながらリラックスして考えませんか？　そのほうが良い案が浮かぶかもしれませんよ」

「そうだな。フィリアの言うとおりだと俺も思う。……だが、申し訳ないが一人で考えさせてくれ。一度、自分の考えをまとめたいんだ」

少しだけ間をおいて、オスヴァルト様は首を横に振りました。

申し訳なさそうな表情ながら、その口調は固い意志を感じさせます。

「やっぱり、こういう決断をするときは俺自身の責任だとはっきりさせることが大事だと思っていてな。もちろんフィリアの考えにも興味はあるんだが。……ちょっとだけ待っててくれ」

「わかりました。オスヴァルト様が良いとお考えになる方にお進みください。私はどこへでもついていきますから」

「……ありがとう。自分の考えがまとまったら、必ず相談するから」

静かに微笑み、オスヴァルト様は背を向けて書斎へと足を進めました。

きっと彼は私を拒否したわけではないのでしょう。

自らの考えがまとまる前に話を聞けば、判断材料として私の意見が入ってしまいます。

オスヴァルト様は人の話を柔軟に聞いてくださる人格者ですから。

しかしながら、責任ある決断を下すときに、その決断の言い訳に私を使いたくない。

彼はきっとそう考えているのでしょう。

以前の私ならオスヴァルト様の考えはわからなかったかもしれません。

ですが、今ならわかります。

「いつでも相談に乗りますからね……」

だからこそ私は彼が自分の中で結論をまとめるそのときが来るまで待つことにします。

オスヴァルト様はきっとそのとき、私を頼りにしてくださるから。

――ですが、少しだけ寂しいような気がします。

「フィリア様～、今日のお茶どうですか？　昨日、買い物に行ったときに～、良い茶葉が手に入ったのですが～」

オスヴァルト様の背中を見送ったままボーッとしていた私に、リーナさんが声をかけてくれました。

私の想いを見透かされたのかもしれません。

「とっても。美味しかったです。おかわりを淹れてくださるのなら、リーナさんも一緒にどうですか？」

「よろしいんですか～！　でしたら、ちょっと待っていてくださいね～。私のティーカップも持ってきます～」

元気な返事とともにきびきびと動くリーナさん。

その姿は私の中の孤独感を一瞬で振り払ってくれました。


「いつも、ありがとうございます」

席について芳しい茶葉の香りとともにティーポットが運ばれてくると、自然とそんな言葉が出てきました。

「えっ？　ええーっと～、フィリア様？　私、なにかしましたか～？」

「あ、いえ。その」

唐突すぎたのか、驚きつつ首を傾げるリーナさん。

咄嗟に答えたものの次の言葉が出てきません。

「……リーナさんがこうしてお茶を淹れてくれると元気になるので。その感謝を伝えたくて」

「フィリア様～!!　なんとももったいないお言葉です～！　もっと美味しい紅茶を淹れられるように頑張りますね～！」

「もう十分美味しいですよ？」

「いえいえ～！　こんなに褒められるのでしたら、俄然やる気になりました～！　紅茶の道を極めてみせます～！」

「リーナさんったら。大げさですね。……どうぞ座ってください。少しお話ししましょう」

「は～い。失礼いたします～」

底抜けに明るいリーナさんと一緒にいると、こちらの気分も高揚します。

良い意味で力が抜けるというか、張り詰めた気分とは無縁になれる気がするのです。

「そういえば、詳しくは知らないんですけど、昨日私が買い物に行ったあとに魔物の襲撃があったんですよね？　お怪我はなかったとレオナルドさんから聞きましたが、大丈夫でしたか？」

「ええ、私もオスヴァルト様も怪我一つ負っていません。ご心配おかけしましたね」

「良かったです～！　お二人になにかあったかもと考えるだけで胸が締め付けられたんですから～！」

「ふふ、大げさですね」

そう答えると、リーナさんの肩から力が抜けるのがわかりました。

――心配をしてくださっていたのですね……。

リーナさんのように心根が優しい方には幸せになってほしい。

お節介なのは承知していますが、つい肩入れをしたくなるのです。

そんなことを考えながら、温かい紅茶に口をつけます。

「……美味しいです。ご家族の方にもリーナさんの紅茶は好評なんじゃないですか？」

「ええ～？　そうですね～。お父様は人様にお出しできる最低限のレベルとは言ってくれましたけど～」

「これほど美味しいのにですか？　厳しい方なんですね」

私も子供の頃から厳しい特訓をヒルダお母様に施されていましたが、リーナさんもかなり大変な幼少期を送っていたようです。

少し親近感を持ってしまいました。

「えへへ～、フィリア様が褒めてくださるならお父様の評価なんてどうでもいいです～」

嬉しそうな顔をしながらリーナさんは紅茶に口をつけます。

……どうしましょう。

彼女の心の広さに甘えて踏み込んだ質問をしてみるべきか――。

「エルムハルトさんには、紅茶をお出ししたことはあるんですか？」

「エルムハルト様にですか～？　はい、ありますよ～。それがどうかしましたか～？」

少々強引ですがエルムハルトさんの話題を出してみました。

――ここから話を上手く広げられるか。

うう、よく考えてみたら一番苦手なことをしているような気がします……。

「いえ、どんな反応だったのかなと」

「特になにも言われませんでしたが、全部飲んでくれましたよ～。あまり口数の多い方ではないですから～」

「そうでしたか……でも幼い頃から何度も会っているんですね」

「婚約者ですからね～」

いけません。このままだと会話が途切れてしまいます。

なにか言って膨らませませんと。

ああ、こういうとき妹のミアなら上手く話を聞き出せるのでしょうね。

あの子と久しぶりに会ったときは自分がこんなにおしゃべりなのかと驚かされましたから。

「エルムハルトさんのことは婚約者としてずっと意識をされていたんですか？」

「う～ん。意識と言われましても～、婚約者であることが当たり前でしたからね～。この方と結婚するんだ～、とはずっと思っていましたよ～」

私が将来聖女になると漠然と思っていたようなものでしょうか。

いえ、聖女になることとは違い強制力がありますし、ニュアンスが違いますよね。

「なるほど。……あの、リーナさんから見てエルムハルトさんはどのような方なんでしょう？」

「ふふ、今日のフィリア様、色々と質問してくださるんですね～」

「す、すみません」

「いえいえ～、とっても嬉しいですよ～！　エルムハルト様の印象ですか～。そうですね～」

目をつむって、眉間にしわを寄せながら……リーナさんは真剣に考え込みます。

婚約者に対する印象。

リーナさんの場合、背景が複雑ですし少し難しい質問だったかもしれません。

「……ご質問の答えになるかどうかわかりませんが～、エルムハルト様はお父様の友達ですから、よく家に招かれていて～。その時にお話をしていたんです～」

「はい」

「普段は楽しそうにお話ししているんですけど、エルムハルト様はお父様と顔を合わせると一瞬だけ寂しそうな顔をするんですよ～」

「寂しそうな顔、ですか……」

そこまで話すと、リーナさんは紅茶に口をつけて一呼吸置きました。

幼い頃からエルムハルトさんと接していた彼女は、彼の表情からなにを感じ取ったのでしょうか。

「その顔を見ると私もちょっと悲しくなっちゃって～。ずっと前に二人でお出かけしたときに、質問したんですね～」

「質問?」

「はい～。どうしてエルムハルト様は時々お父様の前で悲しそうな顔をするの?ってそのまま聞いちゃいました～。……でも」

素直に思ったことを口にする。

リーナさんらしい行動とも言えます。

しかし、「でも」と言ったときの彼女の曇った表情から察するに、その言葉で起きたエルムハルトさんの変化は嬉しくないものだったのでしょう。

「……エルムハルト様、それから私を避けるようになったんです。よっぽど良くないことを言って

しまったようで、何年もずっとそんな感じで、まともにそれからお話ししていません」

「リーナさん……」

「なんとか普通にお話しできるようにしたいと思っているんですけどね～。エルムハルト様は自分の話を全然されていませんでしたから……」

エルムハルトさんはリーナさんを避けている。

演習場で見た彼の態度に対する違和感は解消されました。

しかし、きっかけはわかっていても理由がわからない。

彼女自身、何年も戸惑ったままなのでしょう。

「……エルムハルトさんとの結婚は、リーナさんにとって幸せなものになるのでしょうか？」

「へっ？　どういう意味ですか～？」

「いえ、その。エルムハルトさんがリーナさんを避けているのでしたら……結婚が成り立たないような気がしまして」

「確かにフィリア様の仰るとおりですね～」

呆気（あっけ）に取られた顔をしたあと、間をおいて笑顔に戻るリーナさん。

——私はいつの間にか彼女の結婚生活の心配までしてしまっている。

話をしているうちにどんどん放っておけなくなってしまっているのです。

「でも～、フィリア様はオスヴァルト殿下と婚約する前にジルトニアの王子様と婚約していたじゃないですか～。そのときは幸せになれると思っていたんですか～？」

「えっ!? そ、それは――」

リーナさんの言葉に私は返答を詰まらせてしまいました。

かつてのジルトニア王国、第二王子であるユリウスとの婚約。

あのとき、私はなにを思っていたのでしょう。

幸せになれるという確信までとは言いませんが、それに近い感情があったのか。それとも――。

「……幸せになりたい、とすら考えていなかったかもしれません。認められたいという思いだけでした」

「フィリア、様……」

なぜ、それを忘れていたのでしょう。

オスヴァルト様と結婚して共に毎日を過ごしているうちに、自分が変わってしまったからでしょうか。

思えば、あの頃の私は結婚など家と家の繋がりくらいにしか考えていませんでした。

「すみません。リーナさん、私には偉そうに他人の結婚に対してとやかく言う資格は――」

「そんなことありませ〜ん！」

「リーナさん？」

「ごめんなさい！ フィリア様に意地悪な質問をしてしまいました〜！ ここまで私なんかに親身になってくださったのに〜。お許しください〜！」

身を乗り出して、涙目のリーナさんは大きな声で謝罪を口にします。

彼女が謝る理由なんて一つもないはずです。

どう考えても、先程の私の言葉は良くないものでした。

「許すもなにもありませんよ。リーナさん、踏み込んだ質問をしたのは私の方です。申し訳ありません」

「あ、謝らないでくださ～い！　嬉しかったです！　フィリア様がお友達みたいに話をしてくださったんですから～。すっごく嬉しかったんです～！」

「と、友達みたいに、ですか？」

友達という言葉に驚いて、思わず私はオウム返しにしてしまいました。

どのあたりがそうなのか。

私を友人だと口にするのは退魔師のエルザさんくらいで、未だにそれがどのような関係を指すのかはピンときません。

「そうですよ～。親身になって、心配をしてくれたじゃないですか～。それだけフィリア様が私に歩み寄ってくださったんです～。それはもう、お友達って感じですよ～」

「親身にはなっていたつもりです。……なるほど、それが友達ですか」

知らないうちに距離が縮まる。

何度も体験しているはずなのに、こうして改まって話をするとなんだかこそばゆいですね。

ですが、心が弾みます。

リーナさんのような方を友人に持てるなど、それだけで自慢になりますから。

「……フィリア様、私は物心がついたときには婚約者もいましたし、誰かの護衛になる未来も決まっていたんです～。どんな人生になるのか、道順もゴールも全部決まっているみたいで～、悩んだこともあったんですよ～」

「ええ、悩まれるのは自然だと思います」

「はい。でも～、決まっちゃってるものは仕方ないじゃないですか～。それより、そんな毎日を楽しく笑って生きたほうがいい。……と、そう思っていたんですけどね。そうなんです……ずっとそんなふうに考えていたんです」

ここまで話して、急に声を落としたリーナさんはうつむいてしまいました。

人生を受け入れて、肯定的に生きようと決めた彼女の前向きさは尊敬に値(あたい)します。

ですが、それは心に大きな負担がかかるのではないでしょうか。

「でも、でも……ずっとそれを貫けるのかわかりません。私、今は平気ですけど時々考えるんです……全部嫌になったら、どうしようって」

声を震わせながら、彼女は抱えていた不安を吐露します。

無理をされていたわけではないのでしょうが、リーナさんの心の奥に不安はあったのでしょう。

「リーナさんの明るさには何度も助けられました。その代わりではないですけど、私はリーナさんに幸せになってほしいと思っていますよ」

「フィリア様？」

「差し出がましい助言かもしれませんが、エルムハルトさんときちんとお話ししてみませんか？」

会話をしなかったせいで色々と人間関係に失敗した私がこんなことを言うのは滑稽かもしれません。

ですが……だからこそ、リーナさんには同じような失敗をしてほしくないのです。

「エルムハルト様とお話、ですか。……そう、ですね！　フィリア様が私のために仰ってくださった助言！　前向きに考えてみま～す！」

「の、飲み込むのが早いですね」

すぐに明るさを取り戻したリーナさんに圧倒されつつ、元気な声を聞いて私は安心します。

勇気を出して口にして良かったです。

「エルムハルトさんと、お話しできそうですか？」

とはいえ、エルムハルトさん自身が心を開いてくれるかどうか。そこが心配ではあります。

なんせ、彼はリーナさんを避けている。

二人で話をする場を設けるのは中々難しそうです。

「大丈夫ですよ～。私、知っていますから～。エルムハルト様が本当はとてもお優しい方だって！」

「そうなんですか？　騎士としては優秀な方だと聞いていますが」

「ええ～と、避けられるようになる前はお出かけにも連れて行ってもらっていますし、楽しかったですよ～」

「なるほど……」

つまりエルムハルトさんもリーナさんに歩み寄ろうとした時期があった。

なぜ、彼がリーナさんを避けるようになったのかわからない部分はありますが、それなら話し合う余地はありそうですね。

「よく昔の話をしてくださいました～。エルムハルトさんとお父様が若いとき、村人を人質にした山賊を取り押さえた話とか！　面白かったですよ～」

「それは面白そうです。どうやったんですか？」

「え～っと、お父様が奥の手で山賊たちを欺いてですね～。隙をついてエルムハルト様が人質を助け出したんです～」

なるほど。思ったよりもずっと親しかったみたいです。

リーナさんの家は王族の護衛をされている方も多いらしいので、相当腕も立つのでしょう。

「ちなみに、どのような場所に行ったのですか？」

「あっ！　フィリア様もご存じの場所ですよ～。ほら～新婚旅行のときにフィリア様とオスヴァルト殿下が立ち寄った森です～」

「新婚旅行……アルテットの森ですね。確かに良い所でした」

そういえばオスヴァルト様はあのとき、ライハルト殿下とエリザベスさんがよく訪れていたと仰っていました。

あの森は男女で訪れる定番の場所なのかもしれません。

「あの森の奥にですね～。それはもう、森の主なんて呼ばれている～大木があるんですよ～」

「それは知りませんでした。あまり奥深くまでは行きませんでしたから」

これもまた初耳です。

神秘的な雰囲気の場所だとは思っていましたが、奥にそのようなものがあるとは……。

「夏でもひんやりとしていて、不思議な場所なんです～。そういえば、エルムハルト様はその大木を眺めている時も、お父様に見せていたような寂しそうな顔をされていました～」

「寂しそうな顔？」

「はい。大切なものがここにあるのだとも仰っていたような気がします～」

大切なもの……。森の中であることを踏まえると、モノではなく何かの記憶や思い出でしょうか。

それに、リーナさんをそこに連れて行ったのはなにか意味があるのか、それとも――。

「今から会いに行ってみますか？」

「えっ？　フィリア様、それって」

「はい。エルムハルトさんに会いに行ってみてはどうかと提案しています」

急な話なのは承知しています。

リーナさんとしても、心の準備が必要なのかもしれません。

ですが、話を聞いてしまった以上……なんとか助けになりたいという気持ちが先行してしまいます。

「そうですね……。フィリア様がそう仰るのでしたら。私、エルムハルト様とお話をしてみます！」

拳をギュッと握りしめ、リーナさんは力強い返事をします。

そうと決まれば早速――私たちは準備をして屋敷を出ました。

◆

門の外で警備をしている騎士団長のフィリップさんにエルムハルトさんの滞在先を聞きます。

「むむっ！　エルムハルト殿の滞在先ですか!?　フィリア様、彼になにかご用があるのでしたら、騎士団の者を向かわせますが！」

すると彼は驚いた顔をして、そう答えました。

彼からするとエルムハルトさんと知り合ったばかりの私が、突然面会を希望するなど状況が読めないことでしょう。

「いいえ、非常に私的なお話なので直接うかがわせてください」

「し、私的なお話ですか!?　フィリア様に限っておかしな話ではないと思いますが……わかりました！　エルムハルト殿は実家であるクランディ侯爵家にしばらくの間、滞在しておられます！　クランディ侯爵家の場所は、ええーっと！　おーい！　地図を持ってきてくれ！」

親切にもフィリップさんは地図を部下に持ってこさせて、クランディ侯爵家までの道順を教えてくれました。

侯爵家はパルナコルタ王国の中でも名門とされ、陛下からの信頼も厚いと聞きます。

屋敷を訪問したことはありませんが、結婚式のときも非常に丁寧なご挨拶を侯爵より賜りました。

エルムハルトさんが侯爵家にいるなら、彼と対面するのはそんなに難しくなさそうです。

「地図もお渡ししておきます！……ところで、フィリア様！　今からすぐにお向かいになられるのですか!?」

「あ、はい。そのつもりです」

私が馬車の方に視線を向けたからなのか、彼は一歩前に出て質問をしました。

「ううむ！　先程は襲撃もありましたし！　護衛がリーナ殿だけというのは心許ないですなぁ！」

「フィリップさん～！　リーナだけでも頑張れますよ～！」

リーナさんは不機嫌そうな声に頬を膨らませますが、フィリップさんも簡単には譲ってくれないでしょう。

「リーナ殿の力を疑ってはいません！　それでも、万が一ということがございます！　せめてあと一人護衛を引き連れたほうが安全だと忠告しているのです！」

彼の主張はもっともです。

それに、仮になにもなくとも十分な護衛を付けずにここを通すと彼の責任も問われてしまう可能性があります。

ここはフィリップさんの言うことを聞いたほうが良さそうですね。

「わかりました。それでは、もう一人誰かを連れて行きましょう」

「ご理解いただきありがとうございます！　それならば、僭越ながらこのフィリップ――」

「私が参りましょう。エルムハルトとは旧知の仲です。オスヴァルト殿下の護衛はヒマリと騎士団の面々にお任せいたしますゆえ」

門から出てきたのはレオナルドさんでした。

どうやら、大まかな事情は察しているようです。

「おお！　レオナルド殿がついているなら安心でしょうな！　オスヴァルト殿下はこのフィリップにお任せあれ！　どうぞお気を付けて！」

フィリップさんもレオナルドさんの顔を見て、納得したような顔をしました。

これで出発できますね。

「レオナルドさん、ありがとうございます」

「フィリア様に礼を言われる程ではございませんな。私も元同僚の考えが気になっておりまして。個人的な事情でもあるのですよ」

エルムハルトさんとは騎士時代の同期で友人でもあったというレオナルドさん。

そんなエルムハルトさんが、今の同僚であるリーナさんと婚約しており、そこには複雑な事情も絡んでいる。

二人についてよく知るレオナルドさんからすると、気にならないという方が不自然かもしれません。

「レオナルドさんも私のこと心配してくれるんですね～。意外です～」

「おや、心外ですな。呑気(のんき)なあなたが悩みごとなど抱えると思わぬ失敗をするかもしれません。

フィリア様の身の回りにそのしわ寄せが及ぶならば、阻止すべきだと考えるのは自然かと。つまり、あなたの心配というよりもフィリア様の心配ですな」

「むぅ～、リーナは失敗なんかしませ～ん！　さっきはエルムハルト様が気になると言っていたじゃないですか～！」

「それはそれ、これはこれ。あなたの私的な事情で動くとはいえ、常に気を配りなさい。私たちはフィリア様の護衛なのですから」

リーナさんもレオナルドさんも、私がこの国に来て以来……ずっと身辺に気を遣ってくれました。お務めの時間からティータイムまでどんなときも周囲の警戒を怠らずに、守ってくれています。

私には聖女としての義務感がありましたが、お二人もメイドとして、執事として、その義務を果たすために毎日心血を注いでいます。

――だから私は孤独じゃなかった。

ジルトニアからパルナコルタに来たとき、最初のお務めから不手際なくこなせたのは、間違いなくお二人のおかげです。

「さて、馬車を出しましょう。フィリア様、どうぞお乗りください」

「ええ、ありがとうございます」

レオナルドさんの言葉に従い、私は中に乗り込みました。

続いてリーナさんとレオナルドさんが乗り込みます。

「フィリア様、お隣失礼します～」

隣に座ったリーナさんが笑顔を見せ、馬車はクランディ侯爵家に向かい走り出しました。

「フィリア様、こうして三人で馬車に乗っていると思い出しませんか？」

「えっ？」

「初めてフィリア様がお務めに出られた日のことです。私は鮮明に覚えていましてな。隣国からの旅の疲れも見せずに早朝から務めに出ようとなさる稀代(きたい)の聖女様の姿を……」

「――うう、改めて思い出すと恥ずかしいですね」

実は自分も同じような感傷に浸っていたのですが、他人から客観視された情報を伝えられるとなんともむず痒(がゆ)いです。

あのときの私は、ただ聖女として振る舞うことだけがこの国が自分に求めているものだと思い込んでいましたから……。

「まさかフィリア様に自分の婚約者のことで相談に乗ってもらうとは思いも寄りませんでしたよ～」

頬に指を当てながら、リーナさんも当時を振り返ります。

なにかを相談し合う関係。

妹のミアならあるいは困ったとき、私に相談をしてくれたかもしれません。

ですが、リーナさんと彼女は違います。

「私も自分の行動に驚いています。こうして誰かの私的な事情に踏み込むなどちょっと前までは考えもしませんでした。……不思議なものです」

「私はフィリア様と親しくなれた気がして嬉しいです。不思議でもなんでもないですよ。だって、ずっとフィリア様は聖女様で……お優しい方ですから」

「リーナさん……」

彼女だから肩入れをしたくなる。

自然体で明るくて、一緒にいるだけで元気をいただける彼女に不幸は似合いません。

私の力がどこまで及ぶか、助けになれるか、まだ何もわかりませんが――できるだけ頑張ってみましょう。

聖女としてではなく、彼女の側にいる一人の人間として。

◆

「着きましたね」

「フィリア様～、足元にお気を付けくださ～い」

クランディ侯爵家に到着した私たち。

さすがはパルナコルタ王国の中でも有数の名家として名を連ねる貴族の屋敷です。

建物自体は古いですが、品のある美しさで小さなお城と言っても差し支えありません。

「……ふむ。こちらを訪問するのも久方ぶりですな」

「え〜、レオナルドさん。ここに来たことあるんですか〜？　リーナはないですよ〜」

「ずっと昔の話ですよ。彼が怪我をしたとき、見舞いに来たのです」

見舞いに……。

おそらく、エルムハルトさんがリーナさんのお父様を庇ったときでしょう。

「クランディ侯爵はどのような方ですか？　結婚式のとき少しお話ししましたが、人となりまではわかりませんでした」

「ふーむ。私もそれほど侯爵殿とお話はしていませんが、そうですな。古き貴族体質……家の格式をなにより重んじる方という印象でした」

家を大切にするという考え方は、貴族であれば程度の差こそあれ皆持っているものでしょう。

私の実家であったアデナウアー家も、かつては聖女を輩出し続けた名家だとしてジルトニア王国の中でも重宝されていました。

「心配せずとも、フィリア様は第二王子妃です。クランディ侯爵が無下に扱うはずがございません。陛下も魔法の専門家として信頼し、懇意にしているほどの方ですからご安心を」

「それならば助かります。……とにかく、エルムハルトさんに取り次いでいただけるのか聞いてみましょう」

私はレオナルドさんとリーナさんを引き連れて、屋敷の門を叩きました。

「すぐに侯爵様が参りますので少々お待ちください」

使用人の方々に応接室に案内された私たち。

まもなくしてドアが開きました。

「これはこれは、フィリア様。まさか我が家に大聖女様がいらっしゃるとは驚きましたが、ようこそお越しくださいました。大したおもてなしもできず、申し訳ございません」

クランディ侯爵は慌てたような仕草で応接室に顔を見せると、恭しく頭を下げます。

七十歳近い高齢だと聞いていましたが、背筋はピンと伸びており足取りもしっかりしています。

髪も真っ白ですが、その黒い瞳は力強く……実年齢よりも若々しく見えました。

「こちらこそなんの連絡もなしに、押しかけてしまいすみません。……結婚式の際はお祝いいただきありがとうございました」

侯爵があまりにも恐縮しているので、私も背筋を伸ばして挨拶をします。

レオナルドさんの言うとおりでしたね……。

しかし、この方がエルムハルトさんのお父様ですか。

温厚そうには見えますが、彼とは随分と印象が違います。

やはり騎士になると、目つきなどの顔つきが険しくなる傾向にあるからでしょうか。

「して、フィリア様。我が家にご訪問いただき、光栄の極みではあるのですが……本日はその、どのようなご用件なのでしょうか？」

お茶を飲んで落ち着いた絶妙なタイミングで、侯爵が話を切り出しました。

「わざわざお時間を取っていただきありがとうございます。私たちの用件は一つだけです。こちらに滞在されているエルムハルトさんとのお話の場をいただけないかと、お願いしにきました」

突然の訪問にもかかわらず、侯爵の口調は穏やかでした。

この様子ならすぐにエルムハルトさんに会わせてもらえそうです。

「むっ？　エルムハルトですか。愚息がなにかフィリア様に失礼を？」

しかしエルムハルトという名前を聞いて、一瞬だけクランディ侯爵の顔は強張りました。

これは一体、なにを意味しているのでしょう。

「いえ、特にそういうわけでは。ご存じかと思いますが、私のメイドのリーナがエルムハルトさんと婚約しておりまして」

「ああ、彼女が男爵家の……。コホン、失礼しましたな。あれがアウルプス男爵家のお嬢さんと婚約していたのは把握しておりましたが、顔を合わせたのは初めてでして。すぐに気が付きませんでした」

すぐに穏やかそうな表情に戻り、リーナさんを一瞥するクランディ侯爵。

よく考えてみればリーナさんは侯爵にまだ挨拶をしていないんですね。

婚約には反対されていないのに、どうしてでしょう……？

「そうでしたか。あの、リーナさんとエルムハルトさんを会わせてもらうことは可能でしょうか？」

「……え、ええ、もちろんですとも。いやーしかし。あれは今、屋敷の離れに滞在しておるのですが、あまり手入れをしておりませんゆえ……フィリア様のような高貴な方が足を踏み入れるにはいささか相応しくないというか」

やんわりと断りを入れてこられます。

どういうわけか侯爵はエルムハルトさんに触れてほしくはなさそうです。

「私は構いませんよ。どんな場所であろうと必要があれば務めに出ています。それに、突然訪問した私たちに文句を言う権利はありません」

「フィリア様がそこまで仰るのでしたら……離れまで案内させましょう」

渋い表情をしつつ、クランディ侯爵は私たちをエルムハルトさんのもとに案内させると言ってくれました。

てっきり、彼をこちらに呼ぶものだと思っていたのですが、彼と顔を合わせるのが嫌なのでしょうか……。

「フィリア様、エルムハルト様のところへご案内いたします。どうぞ、お連れ様とともにこちらへ」

丁寧にお辞儀をした男性の使用人に、そう声をかけられました。

私たちを案内してくれるみたいです。

――エルムハルトさんとクランディ侯爵の関係もなにかありそうですし、どこまで踏み込んで良いものなのか迷いますね。

屋敷の離れは侯爵が言っていたとおり、長年手入れされた様子はなく、廃墟とまでは言いませんが、華やかな本邸と同じ敷地内の建物には見えない外観です。

「フィリア様……」

「レオナルドさん、どうしました？」

案内されている最中に、小声でレオナルドさんが私に話しかけてきました。

どうやら使用人の方には聞かれたくない会話みたいです。

「エルムハルトは侯爵と妾の子だと聞いています」

「そうでしたか。なるほど」

「先程のクランディ侯爵の態度。そしてこちらの様子。フィリア様が不思議に感じていると思い……一応お伝えしておきます」

レオナルドさんはまるで私の頭の中を読んだかのように、伝えてきました。

クランディ侯爵のあの態度には、やはり事情があったのですね……。

体裁を考えるとエルムハルトさんの存在は彼にとって不都合とも言える、と。

「ただし、彼は私がそれを知っていることを知りません。フィリア様が決して秘密を誰にも話さない方だと信じているからお話ししました」

「……レオナルドさん。あなたがそれを知った経緯も気になりますが、触れないでおきます。今の話も私の胸のうちに仕舞っておきますね」

本当は話したくない秘密だったのかもしれません。

レオナルドさんに申し訳ないと思いつつ足を進めると、男性はとある部屋の前で足を止めました。

「エルムハルト様、第二王子妃フィリア様がお会いしたいとこちらにいらっしゃっています。お通ししてもよろしいでしょうか？」

「フィ、フィリア様が？　すぐに準備する」

ドアの向こうから驚きと戸惑いの混じった声が聞こえたかと思うと、すぐに慌てたような物音がしてきました。

——いきなりすぎて焦らせてしまいましたね。

そのまま部屋の前で待つことおよそ一分。

ドアが開くと、エルムハルトさんが顔を出しました。

「お待たせして申し訳ございません。フィリア様がまさか私などのもとにいらっしゃるとは思いもせず……」

「いえ、こちらこそ事前に連絡も入れずに申し訳ありません。少しお話ししても大丈夫でしょうか？」

「え、ええ。もちろん構いません。あまり広くありませんが、どうぞ」

エルムハルトさんは私たちを部屋に入れてくれました。

リーナさん、なんとか私がお話できるように繋いでみます。

——苦手分野ですが、やれることはやってみましょう。

「すみません。演習において、なにか不手際がありましたでしょうか？」

「あ、いえ。エルムハルトさんたちがなにかされたという話ではありません」

「……そうなんですか？　ふむ。では、今回はどのようなご用件で来られたのでしょう？」

相変わらずエルムハルトさんはリーナさんと目を合わせようともしていませんね。

彼女の件で来ているとはまったく思っていないみたいです。

「はい。用件とはリーナさんの件です」

「――っ!?　フィリア様が、り、リーナの件で……私に？」

「ええ、そのとおりです。エルムハルトさんはリーナさんと婚約していますよね？」

「………………」

目を大きく見開いて、エルムハルトさんは動揺を隠しきれないみたいでした。

私の質問に対して彼は即答ができないのか、しばらくの間……沈黙が流れます。

「聖女様は使用人の婚約に対しても言及されるのですね……」

「お節介かもしれません。非礼については詫びましょう。……ですが今日は、聖女ではなくリーナさんの友人として話をしています」

そう。聖女の務めでこのような真似はしません。

リーナさんが大事な人だから。

彼女の友人の一人としてお節介をしています。

「リーナがフィリア様の友人？　そうですか……友人なのですか」

友人、という言葉に眉を動かしたエルムハルトさん。

口調が若干柔らかくなったような気がします。

「フィリア様……」

目を潤ませながらこちらを見たリーナさんにうなずき返します。

しかし、彼女の表情もいつもと少し違いますね。

やはりエルムハルトさんの前だと緊張してしまうのでしょうか。

「率直に伺います。リーナさんのことをどう思っているのですか？　聞けば、婚約者であるにもかかわらず避けているとか。なにか理由があるのでしょうか？」

「……ふぅ、そこまで話していらっしゃるとは。できれば私的な話なのであまり語りたくはないのですが」

「それは承知の上です。話したくない話を聞きにきました」

なぜ避けているのかと聞かれても、素直に答えられるはずがない。

それは私にもわかります。

ですが、だからといってなにもわからないまま帰るつもりもないのです。

「なるほど。フィリア様は友人に対して義理堅い方なのですね」

「……かもしれません。私はリーナさんにたくさんのものをいただきましたから」

「ならばご理解いただけるかもしれません。私も友人との義理を果たすために婚約したのです。リーナの父親リュオン・アウルプスとは長年の友人でしてな。彼の顔を立てるため……それ以外の感情はございません」

リーナさんのお父様に対する義理立て。

自分を庇って大怪我を負ったエルムハルトさんを娘と婚約させたという話。

ですが、私が気になっているのは――。

「本当にそれだけですか？」

「騎士道精神に誓って嘘はついていません」

視線を一切外さずに、はっきりと彼は宣言します。

嘘偽りは感じられません。

――ですが、違和感があります。

大事なことを秘めているような……そんな違和感。

わざと目を背けているのか、それとも感情の奥底に隠していて本人すら気付いていないのか。

「リーナさん、なにかエルムハルトさんに質問はありませんか？」

「えっ？　ええ～っと、そうですね。エルムハルト様、お父様と会ったとき、寂しそうな顔をされていましたよね？　どうしてですか？」

リーナさんに話を振ると、彼女は戸惑いながらもそう問いかけます。

それは彼女が避けられるようになったきっかけ。

彼女がその理由を聞きたいと思うのは当然でしょう。

張り詰めた空気が部屋中を支配して、風が窓を揺らす音が大きく聞こえます。

「また……その話か。あのとき答えなかったことが答えだとは察してはくれないのか？　リーナ、君は賢い子だと思っていたが」

「賢いと仰ってくださりありがとうございます。でもですね、察したからといって知りたくないわけじゃありません」

「なるほど。フィリア様に促されて、切り出す勇気をもらった、といったところか。わかりやすいね。相変わらず」

「むっ……そんなに単純じゃないです」

初めてリーナさんと口を利いたエルムハルトさん。

その距離感は思ったよりも近く、親しい間柄なのだと伝わるようでした。

リーナさん自身が親しみやすい人柄だからなのかもしれませんが、二人が婚約しているのだと今初めて私は納得したのです。

「聖女であるフィリア様の前で嘘をつくことはできない。ならば以前のように沈黙でやり過ごそうと考えた」

「エルムハルト様……」

「だが、さすがにリュオンの娘である君にこれ以上失望されるのも耐え難い。……君はなにも悪くないのだから」

うつむきながらエルムハルトさんは、なにかを決意して声を絞り出します。

そして、ゆっくりと顔を上げました。

「僕はリュオンが感謝するほど高潔な人間じゃない。君に相応しい人間でもない」

「えっ？　それって、どういう意味ですか？」

「…………」

意味深な言葉を口にしたあと、彼は口を閉ざして黙り込んでしまいました。

リーナさんもまったく心当たりがないらしく、不思議そうにエルムハルトさんを見つめます。

「エルムハルト、あなたはここにきてまだなにかを隠しているのですか？」

「レオナルドか。君にまで追及されるとは思わなかったな。僕は君を親友だと思っていたんだが」

「話を逸らさないでください。親友だからこそ同僚への不義理を見過ごせないのです」

ここまでずっと静観していたレオナルドさんが、初めて口を開きました。

彼も友人の態度に思うところがあったみたいです。

「隠し事か？　もちろんしているさ。なにもかもさらけ出して生きている人間はいないだろ？」

「なにもかもとは言っていません。誠意を見せなさいと言っています」

「誠意なら見せた。僕は嘘はついてない。フィリア様の質問には正直に答えた。リーナにも言えることは全部話した」

「リーナが聞きたいことはもう一歩踏み込んだことだと思いますぞ」

一歩、エルムハルトさんの方に歩み出て、レオナルドさんは追及を続けます。

いつも通り穏やかな口調ですが、そのトーンは低く迫力がありました。

「……はぁ、君は僕やリュオンについてよく知っているだろ？　リュオンへの義理で婚約しているのは事実だが、それを良しとしてのうのうと生きていられる性格だと思うか？」

「良しとは思わないでしょうな」

「そうだろ？　罪悪感もあるんだよ。リーナは若い……若すぎる。しかも親友の娘だ。僕の人生に縛られているのを見るのは辛い」

淡々とした口調から伝わるのは苦悩。

エルムハルトさんはリーナさんが縛られていると言っていますが、私には彼の心がなにかとてつもなく冷たくて重い鎖に縛られているように見えました。

「私はあなたのことなら良く知っています。それでも、エルムハルト。本来のあなたならリーナを幸せにしようと懸命になったはずです」

「買いかぶりだ」

「いいえ、私は友を見誤ってはいません。エルムハルト、私が思うに……あなたが前に進めない理由は過去にあるのではないですか？　それこそ、私やリュオンすら知らぬなにか大きな出来事が」

「……だから何度も言っているだろう。なにもかもさらけ出せる人間はいないと。過去について語る気はない。もう僕に構わないでくれ……」

レオナルドさんの言葉に対しても、エルムハルトさんは聞く耳をもってくれませんでした。

古くから付き合いのある彼も、婚約者であるリーナさんも、心を開かせられないなんて。

聖女などと言われて持て囃されていても、私はなんと無力なのでしょう。

悩んでいる人をこうして眺めることしかできません。

リーナさんのためにここまで来たのに、これでは彼女に――。

「フィリア様、帰りましょう」

「り、リーナさん？　しかし、まだエルムハルトさんは……」

「エルムハルト様の気持ちは十分に伝わりました。お辛い思いをさせてまでお話しすると、リーナも辛くなりますから」

こんなに悲しい笑顔を見たのは初めてです。

私はなんて無力なのでしょうか。

――力が及ばないばっかりにこんな顔をさせてしまった。

口を開くことさえできませんでした。

「……エルムハルトさん。お時間を取らせてしまい申し訳ございませんでした。今日はこちらで、失礼いたします」

「こちらこそ非礼をお許しください。リーナはできた人間だと思っております。すべて話せないのは私の弱さゆえ。ご理解のほどをお願いいたします」

エルムハルトさんは、立ち上がって深く頭を下げます。

ここが彼の話せる限界なのだと、リーナさんは見抜いて立ち去ろうとしたのかもしれません。

納得はできませんが、彼はどうあっても話せないのだと私も理解しました。

「お待たせしました。帰りますので、もう大丈夫です」

エルムハルトさんの部屋を出た私は、外で待機していた使用人に声をかけます。

「承知いたしました。……では、侯爵様にお伝えしますので、フィリア様方は――」

「あ、お気を遣わないでください。クランディ侯爵に何度もご面倒をかけるわけにはいきません」

「いえいえ、勝手に帰したなどと伝えると侯爵様に叱責されます。どうかお待ちくださいませ」

このあと、クランディ侯爵に見送られ、私たちは侯爵家をあとにしました。


ごめんなさい、リーナさん。

もっと力になれると驕(おご)っていました。

ハルヤさんがオスヴァルト様に心を開いたように、面と向かって話せばリーナさんの心は伝わると思っていたのです……。

私の見通しはかなり甘かったみたいです。

心の中の壁を取り払うのは難しい。

――ですが、これくらいでは諦めません。

決めたのです。お節介だと言われようとも、リーナさんには幸せになってもらうのだと。

◆

馬車で屋敷に戻る道中。

リーナさんはうつむき黙っていました。

彼女に声をかけるのは、ちょっと時間を空けてからにしたほうが良いですね。

「レオナルドさん。エルムハルトさんの隠していることに心当たりはありますか？」

「……おや、フィリア様。どうして私にそのような質問をされるのですかな？　知っていれば、あの場で話していたと思いませんか？」

「そうとは限りません。憶測で話すのが憚(はばか)られる話ならば、友人であればなおさら言及できないはずです。それにレオナルドさんはエルムハルトさんの過去について言及されました。なにか当たりをつけていたからではないかと」

あの場でレオナルドさんはほとんど確信を持って「リーナさんの知りたいことはもっと踏み込んだ話」だと言及していました。

さらに「過去になにかあったのではないか」とまで断定するように問いかけていました。

彼はハッタリを利かせるタイプの方ではありません。

おそらくエルムハルトさんの反応を見て、それを材料に仮説を立てたのではないでしょうか。

「……さすがの洞察力です。フィリア様の前では下手(へた)なことは言えませんなぁ」

「やはり、心当たりがあるのですね？」

「非常に言いにくく、邪推と言っても過言ではありません。自分はとんでもない想像をしています」

困ったような顔をしてレオナルドさんは、その心の内を語ります。

どうしましょう。

彼の性格上、私が話してほしいと言えば話してくれるでしょう。

ですが、そこまでの心労をかけても良いものかと悩みます。

「心配せずとも話しますぞ。ただ、これはあくまでも私の憶測。下衆の勘繰りに近いと言えましょう。それだけは承知してください」

「レオナルドさん、すみません。嫌な役回りをさせてしまって」

「問題ございません。フィリア様とオスヴァルト殿下に仕える執事として当然です」

胸に手を当てて会釈するレオナルドさん。

こちらの気持ちを察してもらったようで、罪悪感があります。

ですが、聞いておいたほうが良いでしょう。

これは推測ですが、思っている以上にエルムハルトさんが抱えている心の中の暗い部分は大きいのかもしれません。

たとえ、憶測であろうとも歩み寄るヒントになるかもしれません。

「話は〝大公の乱〟が起きた当時まで遡ります」

「エルムハルトさんがリーナさんのお父様を庇って怪我をされたとき、ですね」

「はい。……ご存じのとおり、〝大公の乱〟の主犯はラーデン大公。その大公とエルムハルトは繋がりがあるのでは、という噂がございました」

「えっ？　命がけで王族や仲間を守ったのに、ですか？」

これは信じられない話です。

まるでエルムハルトさんが〝大公の乱〟を手引きしたとでも言いたげな噂。

レオナルドさんが言いにくい話だと前置きをしたのも納得です。

「フィリア様の仰るとおり、エルムハルトは勇猛果敢に戦っておりました。それはリーナの父、リュオンを始めとする多くの騎士が見ておりますし、なにより国王陛下も証言しており勲章を与えています」

「では、その噂は……」

「ええ、もちろん取るに足らない噂として聞き流されました。仲間を庇い大怪我を負った彼を裏切り者だと糾弾する者は一人としていませんでした」

当然の見解でしょう。

もしもエルムハルトさんが裏切れば、陛下たちが命を落としていた可能性すらあるのです。

ラーデン大公の目論見を成功させるチャンスがあったにもかかわらず、そうしなかった。

その事実だけで内通者だという噂の信憑性は崩れます。

ただ、ここでレオナルドさんがわざわざそれを口にしたということは――。

「エルムハルトさんがラーデン大公と通じていたという点だけは事実だったと疑っているのですか？」

つまり、ラーデン大公から裏切るよう誘いはあった。

しかし、エルムハルトさんはそれに乗らず騎士としての本分を貫いたので、事なきを得た。

それでも、大公と繋がりがあったという事実はエルムハルトさんに重くのしかかり……彼の心を今も苦しめている。

そうレオナルドさんは読んでいるのかもしれません。

「エルムハルトは戦友であり、騎士として尊敬に値する男です。ですから、このような疑いなどしたくもありません」

「それが自然だと思います。……つまり、それでも疑いを持ってしまう理由があるのですね？」

「根拠といえるほどの理由ではありませんが、あの頃のエルムハルトへの侯爵家での冷遇ぶりは今以上だったと聞いております。それにつけ込んだ大公が地位を約束して仲間に勧誘した可能性はあるかもしれません」

エルムハルトさんは妾の子であると、先程レオナルドさんから聞きました。

高位の貴族の生まれにもかかわらず、不遇な扱いを受けているのも目の当たりにしています。

地位と引き換えに造反行為を働く。

そのような人は歴史上には何人もいましたので、レオナルドさんの憶測も的外れではないかもしれません。

「それに――これは、リュオンの話になるのですが」

「リーナさんのお父様がなにか？」

「あの襲撃事件の少し前に、リュオンはエルムハルトの動きに注意してくれと私にだけ伝えました。

……もしかしたら、リュオンはいち早くその噂を聞いていたのかもしれません」

「なるほど。結果として疑いとは真逆の結果が起こり……その上、エルムハルトさんは大怪我をしてしまった。しかも疑いを持った自分を庇う形で。そのショックは相当なものでしょうね」

噂を真に受けるわけにはいかずとも、まるっきり無視するわけにもいかなかったのでしょう。

リーナさんのお父様はそこで信頼の置けるレオナルドさんに忠告をした上で、自身も友を疑った。

それだけでも辛いと思います。

そして、〝大公の乱〟は起き、エルムハルトさんは……。

「リュオンが自責の念からリーナと婚約させたのは明白。しかし、裏に別の事情があったなら……もしもエルムハルトが本当に――」

「もうやめてくださ～い!!」

「リーナさん……」

そのとき、ずっとうつむき黙っていたリーナさんが声を荒らげました。

彼女がここまで怒っているのは初めてです。

「レオナルドさん！　滅多なことは言わないでください!!」

「……そうですな。これは私の配慮不足です。申し訳ない」

レオナルドさんはリーナさんの顔を見つめて謝罪しました。

エルムハルトさんへの疑いが許せなかったのでしょう。

「リーナさん、レオナルドさんがここまで話したのは私の責任です。無神経でした。謝らせてくだ

さい」

「フィリア様……いえ、大きな声を出してごめんなさい。私、お二人が私のために考えてくれているのはわかっていたのですが、つい……」

涙を浮かべて私を見つめるリーナさん。

彼女の気持ちを考えなさすぎました。

リーナさんにとって、エルムハルトさんは婚約者。

そんな彼に不確かな疑惑をかけるなど、彼女の前でしていい話ではありません。

「お父様はいつもエルムハルト様以上の豪傑は知らないと言っていました。彼こそ騎士の中の騎士だとお酒を飲むたびに友達を自慢していたんです」

「リーナさんのお父様が……」

「尊敬するお父様がそれほどの人物だと褒めていたエルムハルト様に憧れていました。いつか結婚するんだ～って楽しみにしていたんですよ」

ゆっくりとリーナさんは自分の心情を吐露し始めます。

それは彼女が自分の人生を肯定的に受け入れていたという証拠。

エルムハルトさんの存在はリーナさんにとって、私が思っている以上に大きかったのです。

「エルムハルト様が私を避けていたのは事実です。でも、温かい気持ちを持っている方というのは知っています。なんとなく側にいると伝わるんです」

人となりについて正確に理解するのは難しい。

自分以外の人物像を考えるとき、想像に頼る部分が大きいからです。

私はエルムハルトさんを知りません。

ですから、伝聞という形に頼って彼の人間性を想像しました。

ですが、私の想像などリーナさんと比べるとなにもわかっていないに等しいでしょう。

「リーナさんがどれほどエルムハルトさんを大切に想っているのかわかりました」

「うう、フィリア様～」

「私も彼を信じる方向で、どうしてリーナさんにあのような態度を取るのか、その理由を考えてみますね」

私はリーナさんを信じています。

それならば、彼女が信じているエルムハルトさんも信じましょう。

なんとなくそれが一番の近道のような気がしました。

人間は簡単ではありません。

だからこそ、時には直感を頼りにしたほうがいい。

それは今まで私が接してきた多くの方が教えてくれた真理なのです。

「ふーむ。どうやら私だけ悪者になってしまったみたいですな」

「そ、そんなことありません。レオナルドさんには感謝しております」

「おっと、これは失礼を。フィリア様を責めるつもりは毛頭ないですぞ」

レオナルドさんが慌てて訂正しますが、私が彼に感謝しているのは本当です。

エルムハルトさんへの疑いに関しては憶測ですが、その他はレオナルドさんの記憶にある確かな事実。

「〝大公の乱〟のときの話は参考になりました。エルムハルトさんの心はわかりませんでしたが、先程起こった襲撃について考えるヒントになるかもしれません」

「んっ？　それはどういうことですかな？」

「まだ正確に言葉で伝えるのは難しいのですが、今回の襲撃が〝大公の乱〟と繋がっているならば、エルムハルトさんも無関係ではない気がするのです」

レオナルドさんが語った〝大公の乱〟当時に立った彼の黒い噂。

しかし起きたのは、噂とは真逆の出来事だった。

そんな結果を受け、リーナさんのお父様は恩人であるエルムハルトさんと自分の娘を半ば強引に婚約させた。

エルムハルトさんは婚約を受け入れたにもかかわらず、リーナさんを避けるようになった。

この一連の出来事の間になにかが隠されており、再び魔物による襲撃事件が起きた。

リーナさんを信じるのなら悪い方向ではないにしても、エルムハルトさんは無関係ではなさそうなのです。

やはり、エルムハルトさんの存在は無視できない。

屋敷への道中……私はずっとそんな思考を巡らせていました。

◇（リーナ視点へ）

せっかくフィリア様が私のために良くしてくださったのに、どうして心がざわつくのだろう。

レオナルドさんだって、きっと悪気があったわけじゃない。

エルムハルト様がなにを考えているのかわからないから、答えを出そうとしてくれただけだ。

それはわかっているのに――。

『リーナ、こちらがお前の婚約者、エルムハルトだ。挨拶をなさい』

『リーナ・アウルプスです～。よろしくお願いいたしま～す』

『ああ、よろしく。……リュオン、やはり変じゃないか？　君の娘と婚約するなど僕は――』

困ったように微笑みかけてくれたエルムハルト様の顔は今でも鮮明に覚えている。

優しそうな人でよかった……それが私の最初の印象だ。

お父様から将来はこの方と結婚するのだと、物心ついたときから教えられていた。

王族の護衛として強くなるべく、エルムハルト様の妻になるために、なにがあっても万全に彼のサポートができるように……メイドとしての道を極めるべく……。

私もフィリア様ほどではないにしても小さな頃から色々と頑張った。

でも、辛いなどと思ったことはない。

だって、王家を守り、最高の騎士のお嫁さんになれるんだもの。

少し悩んだこともあったけど、決まっている未来は明るい。

だから私はいつも笑って過ごしてきた。

『あ、あのう。フィリア様、紅茶をお持ちしました～。目が覚めると良いのですが～』

『はい？　わ、私、紅茶なんて頼みましたっけ？』

初めてフィリア様に紅茶をお出ししたとき、少し困ったような表情をされていたのを覚えている。

どうしてなのか、私は尊敬する人と初めて接するとき、相手のことを困らせてしまうらしい。

『――あ、温かくて美味しいです』

でも、フィリア様と出会ったときは、紅茶を飲んでくださった印象のほうが大きい。

噛み締めるように、嬉しそうに、それでも表情にはまるで出さず、ゆっくりと感想を口にされたからだ。

不器用な方なのだと、なんとなくわかってしまった。

よく知っている人にちょっと似ていたから。

オスヴァルト殿下は、歳が近くて同性だから話が合うだろうと私を護衛に選んだと言っていた。

でも、私はそれを知る前から……あの瞬間からフィリア様と仲良くなりたい。そう願うようになっていたのだ。

『親身にはなっていたつもりです。……なるほど、それが友達ですか』

『今日は、聖女ではなくリーナさんの友人として話をしています』

そんなフィリア様が私を友達だと、友人だと、仰ってくれた。

それは私にとって最大の誉れといっても過言ではない。

いつも堂々としていて、どんなに大きな壁が迫ってきても真正面から涼しい顔をしながら挑む姿に憧れた。

時折見せる可愛らしさ、幸せそうな顔……今まで出会ったどんな方よりも魅力的であった。

──フィリア様にお仕えできて、本当に幸せです!!

そう声を大にして言える。

そんなフィリア様に背中を押してもらえたからこそ、今日……エルムハルト様にお会いしたとき、なんとか彼にも心を開いてもらおうと思ったのだ。しかし──。

『誠意なら見せた。僕は嘘はついてない。フィリア様の質問には正直に答えた。リーナにも言えることは全部話した』

結局、エルムハルト様は「言えること」しか話してくださらなかった。

予想はしていた。

エルムハルト様は核心的な部分には触れてくれないだろうと。

そうでなければ、私を避けようとはしない。

だけど、だからこそ私はずっと腑に落ちないのだ。

──何故未だに私と婚約しているのか。

避けるならば、婚約関係も解消してしまえばいい。

お父様や私と会うのが辛いなら、会う理由ごと無くしてしまえばいいではないか。

オーバーラップ文庫&ノベルス
NEWS
2024年7月
放送開始!!
TBS 7/4(木) 24:59～
BS11 7/7(日) 24:00～
dアニメストアにて7月4日から毎週(木)
25時30分より最速配信予定
手にしたのは、絶望と──
最強に至る力
ハズレ枠の
【状態異常スキル】で
最強になった俺がすべてを蹂躙するまで
CAST
三森灯河：鈴木崚汰 ／ セラス・アシュレイン：宮下早紀 ／ ピギ丸：津久井彩文 ／ ヴィシス：小清水亜美
STAFF
原作：篠崎 芳(オーバーラップ文庫刊) ／ キャラクター原案：KWKM ／ 監督：福田道生 ／ シリーズ構成：中西やすひろ
キャラクターデザイン・総作画監督：橋立佳奈 ／ LO監修：益田賢治 ／ クリーチャーデザイン：森木靖泰、宇佐美皓一
プロップデザイン：岩畑剛一、鈴木典孝 ／ 世界観設定：枝松聖 ／ 色彩設計：福良宗大 ／ 撮影監督：中村慎太郎
美術設定：平澤晃弘 ／ 美術監督：中尾陽子 ／ 3DCG監督：佐々木康太郎
音響監督：阿部信行 ／ 音響制作：ダックスプロダクション ／ 音楽：斎木達彦 ／ 音楽制作：日音
アニメーション制作：Seven Arcs ／ アニメーション制作協力：SynergySP
OPテーマ 超学生「Hazure」 ／ EDテーマ Hakubi「pray」
HP ▸ https://hazurewaku-anime.com/
X ▸ @hazurewaku_info

オーバーラップ文庫＆ノベルス
6月の最新情報
文庫注目作
ナッタンダモン
キス　シタイナア」
「――ッ!?!?」
憧れの美人生徒会長に
お喋りインコが勝手に告白したけど、
会長の気持ちもインコが暴露しやがった
著：間咲正樹　原案：しいたけ　イラスト：しんいし智歩
ノベルス注目作
「異世界転生も、
女神の加護も、
チート能力も
望んでないのに！」
巻き込まれ転生者は不運なだけでは終われない1

『リーナはできた人間だと思っております。すべて話せないのは私の弱さゆえ。ご理解のほどをお願いいいたします』

エルムハルト様の言葉に嘘がないとするという前提で考えてみる。

それほどお父様との約束に固執するのにはなにか深い事情があるのかもしれない。

『リュオンが自責の念からリーナと婚約させたのは明白。しかし、裏に別の事情があったなら……もしもエルムハルトが本当に――』

さっきレオナルドさんに怒ってしまったが、想像してしまっている。

エルムハルト様が大公側の人間だったという可能性を――。

「……ナさん？　リーナさん」

「っ!?　あっ！　は～い！　フィリア様、どうかしましたか!?」

物思いにふけっていたら、フィリア様の声に気が付かなかった。

「もう屋敷につきましたよ？　お疲れでしたら早めにお休みになっても構いません。気持ちの整理もしたいと思っているでしょうし」

フィリア様は心配そうな顔をして私に優しい言葉をかけてくれる。

なにをやっているんだ、私は。

こんなに主君に気を遣わせてしまうなどメイド失格だ。

「大丈夫ですよ～！　これくらいでへこたれていては、メイド道を突き進めません！」

「リーナさん……」

「さぁさぁ、お茶でもどうですか〜!? 美味しいの淹れてきますよ〜！」

幸せならば笑おう。

私は今、フィリア様と一緒にいられて幸せだ。

だからとびっきりの笑顔で、お仕えする。

「大丈夫ですからね」

「へっ？ フィリア、様？」

「無理をしなくても、大丈夫です。私も協力しますから。一緒に向き合いましょう。リーナさんの悩みも憂いも、全部聞きますから」

そっと手を握ってフィリア様は微笑みかけてくれた。

温かな感触は私に勇気をくれる。

まるで私の心の中のモヤモヤを取り払ってくれるかのように……。

「フィリア様〜！ リーナは！ リーナは！ 遠慮無くお悩み相談させていただきま〜す！ 嬉しいです〜！ こんなにも私のことを想ってくださるなんて〜！ ううっ……!!」

「り、リーナさん!? な、泣いているのですか!?」

「嬉し泣きです〜！」

溢れるように涙が出てきた。

フィリア様の優しさに包みこまれたみたいで、涙が止まらなかった。

「……これで涙を拭いてください」

「ありがとうございます〜！」

ハンカチを手渡してくれるフィリア様は少し困った顔をしている。

どうやら驚かせてしまったらしい。

「フィリア様！」

「はい？」

「絶対！　絶対！　絶対に!!　リーナは生涯フィリア様にお仕えしたことを誇りに思いますね……!!」

「ふふ、ありがとうございます。リーナさん」

フィリア様は微笑み、小さくうなずいてくださる。

すべて報われたような気がした。

「おいおい、帰ってくるなり騒がしいな。フィリア、お帰り」

「オスヴァルト様。ただいま戻りました」

私の声が聞こえたからなのか、玄関の扉が開きオスヴァルト殿下が中から出てこられる。

うう、なんだか恥ずかしい。

ついつい感情が昂って、大きな声を出した上に……泣いてしまうなんて。

「うむ。帰ってくるなり申し訳ないが、フィリア。話したいことがあるんだけど、いいか？」

「えっ？　ええ、もちろんです」

オスヴァルト殿下の言葉を聞いて、フィリア様は少しだけ嬉しそうな顔をする。

殿下に頼ってもらえないと寂しがっていたからだろう。

最近、フィリア様の顔を見るとどんな気持ちなのかわかるようになってきた。

「俺、決めたよ。アレクトロン王族の〝聖地巡礼〟は中止にはしない。その前提で、助言をしてほしい」

まっすぐにフィリア様の目を見て、オスヴァルト殿下は宣言した。

〝襲撃事件〟を受けても予定は変更しないと、殿下の瞳には強い意志が込められていた。

――フィリア様……色々と相談に乗ってくれてありがとうございます。

でも、それでも私はなにをおいても、フィリア様やオスヴァルト殿下の身辺をお守りすることを最優先にする。

それが私のメイド道だから……!!

オスヴァルト様がアレクトロン王族の聖地巡礼を中止にはしない、と宣言した翌日の早朝。

私は庭で日課である瞑想(めいそう)をしていました。

目をつむり跪(ひざまず)き、天に向かって祈りを捧(ささ)げているのです。

新居の庭は前の屋敷よりもさらに広く、木々や草花も多いので……自然界の力をより大きく感じられます。

「フィリア、話をしてもいいかな？」

「もちろんです。オスヴァルト様、今日は早いですね」

そんな私にオスヴァルト様が話しかけてきました。

まだ日が昇る前の時分なのですが、外に出てこられるなんて一体どうしたのでしょう。

「最近は、どうも考えごとばかりでな。身体(からだ)をあまり動かしていないから鈍(なま)ってしまって。……だから久しぶりにフィリップにでも稽古をつけてもらおうと思ったんだ」

黄金の髪をなびかせて、朗らかな笑みを浮かべるオスヴァルト様は、薄暗い庭の中でも眩(まぶ)しく見える。

どうやら迷いは吹っ切れたようです。

良かった。やはり、オスヴァルト様に手助けなど必要なかった。

信じて待てばいい。そう自分に言い聞かせて正解だった。

「フィリア、我慢してくれてありがとう」

「へっ？　なんの話ですか？」

ゆっくりと嚙み締めるような口調で、オスヴァルト様が声をかけられたので、思わず私は首を傾げてしまいます。

お礼を言われるようなことは一切していないのに……どうしたのでしょう？

「んっ？　ああ、今回は俺一人に任せてくれただろ？　勘違いかもしれないが、本当は手伝いたかったんじゃないかと思ってな」

……オスヴァルト様には隠し事はできませんね。

本当は手伝いたかったのではないか？

そんな気持ちがあったかと問われれば、そのとおりです。

迷っている人がいれば、悩んでいる人がいれば、力になろうと考えるのは自然です。

それがオスヴァルト様ならば、なおさらその気持ちは大きくなります。ですが、それ以上に……。

「私の力が本当に必要なときはきっと……オスヴァルト様は声をかけてくださると信じていました」

「フィリア……」

立ち上がり、彼のひんやりとした右手を握りしめて私は思いの丈を告げます。

決して自分を飾らず、自らの責任のもとで最善だと判断すれば人を頼ることができる。

オスヴァルト様はそういう方です。

私はそれを知っていますし、そんな彼を尊敬しています。

「信じて待っていてくれて、嬉しいよ」

左腕で私を抱き寄せながら、そう声をかけてくれるオスヴァルト様。

彼の胸に顔を埋めて、その鼓動を感じていると、気持ちが一つになる気がします。

「勇気のある決断だと思いました。そして、オスヴァルト様らしいとも思っています」

「俺らしい、か。〝大公の乱〟はパルナコルタ王国の歴史の中でも闇に葬ってしまいたい事件の一つだが、だからこそ逃げてはダメだと思ったんだ」

その低い声には力強さが宿っており、オスヴァルト様の断固たる意志が伝わってきました。

「もちろん俺自身だけでなく……妻であり、聖女であるフィリアを危険にさらす可能性も考えた。だが、それでも王子として国の平穏を守るために、ここで悪の根源を見つけ出して摘んでおきたいんだよ」

目を背けたいような出来事だからこそ、逃げない。

危険を顧みずに国の平穏のために戦いたい。

それはオスヴァルト様の生き様を現しているようでした。

「フィリア、すまない。本当は安全を取るほうが正しい決断なのかもしれない。だが、俺はそれでも曲げられなかった」

オスヴァルト様は私の両肩に手を置いて向き直り、まっすぐこちらを見つめながら謝罪を口にする。

静かですが力の込められた言葉。

彼の実直さがそれだけでよく伝わります。

「オスヴァルト様、私はただのわがままで〝魔瘴火山地帯〟に赴きました。大事な妹であるミアまでも巻き込みました。……そんな私よりもよほど筋が通っているではありませんか」

「いや、それとはまた状況が違うだろ？」

「そうでしょうか？　私もオスヴァルト様も曲げられなかったという点では同じかと。それに……私はオスヴァルト様の進もうとされる道が好きです。ぜひ、ご一緒させてください」

この国を愛してほしいと言われたその日から、私は彼の背中を見つめ続けていました。

オスヴァルト様の歩んでいる軌跡は眩しく、私の心に光を与えてくれました。

彼が明るく照らしてくれるから——たとえそれが、どんなに暗い道であろうとも安心して前に進むことができます。

「ありがとう。……はは、今日はフィリアにお礼を言ってばかりだな」

「お礼を言われるようなことはなに一つしていませんよ。私はどこへでも付いていこうと決めているだけです」

「そっか。……でも、忘れないでくれ。俺もフィリアの側を離れない。いつまでも、ずっと」

「はい。存じております」

オスヴァルト様の言葉には嘘偽りは一切ない。

それは私の中で絶対と言い切れます。

こんな話をミアにすれば、きっと惚気話だとからかうのでしょう。

ですが、知っているのですから仕方ありません。

オスヴァルト様は必ず約束を守ってくださる、そういう方なのです。

「……フィリアはすごいな。素直すぎて驚かされる」

「素直だと驚くのですか？」

「ああ、驚くさ。それに、あまりにあなたが可愛すぎると、胸が苦しくなるだろ？」

「そ、それはよくわかりません」

不意に思いも寄らない角度から言葉を投げかけられます。

私は返す言葉が見つからずに狼狽えてしまいました。

「はは、変なことを言ってすまない。でも、俺はフィリアとともに居られて嬉しいんだ。あなたのそんな顔を見られるのは役得だしな」

笑いながらも少し恥ずかしそうに彼は私にそう言ってから……私の額に優しく口づけをしてくださいました。

「お人が悪いです……」

「そうかもしれないな。俺もあなたの前にいると新しい一面に気付かされる」

そう言って、再びゆっくりと胸に引き寄せて、オスヴァルト様は私を抱きしめました。

先ほどよりも少しだけ力が込められた、そんな彼の背に腕を回します。

しばらく無言のままお互いの温もりを感じ合っていると……オスヴァルト様が静かに口を開きました。

「……襲撃は再び起こると思うか？」

そっと私から離れて、真剣な表情で問うオスヴァルト様。

「はい。おそらくですが……私はこれで終わりだと到底思えません」

おそらくとは言いましたが、確信に近い予感がありました。

オスヴァルト様もそれを理解しているからこそ、私に確認したのだと思います。

「演習中の襲撃は〝大公の乱〟と比べて、規模も小さい上に手を緩めている印象でした。私かオスヴァルト様のどちらを狙っているのかすらわからない程です。おそらく〝魔性のナイフ〟の効力を確かめる実験という意味合いもあったのでしょう」

「うーむ。だが、わざわざ俺たちに〝魔性のナイフ〟を盗んでいることをアピールをする必要があるのか？　いきなり襲撃を起こしたほうが効果があるような気がするが」

オスヴァルト様の仰ることも一理あります。

あの事件で私たちは〝魔性のナイフ〟が盗まれた、と認識しました。

それは襲撃者にとって不利であることに間違いありません。

「大破邪魔法陣の効力で魔物たちが無力化していますので、騎士団の方々や私がどの程度魔物と戦えるのか、そういった情報を仕入れることは困難になっています」

「そういえば、そうだな。特にフィリアが戦っている姿を見るのは難しいかもしれん」

「はい。襲撃を成功させるには相手の戦力を把握しておいたほうが確実です。例えば、操る魔物の数がどのくらい必要なのか事前に知っておければ有利です」

先日の襲撃は明らかに手加減されたものでした。

意味合いを推測するならば、次の襲撃のための情報収集。

私の戦力、騎士団の戦力の把握をしておけば、〝襲撃〟によって目的を達成する確率が上がるのは必然です。

まだ、襲撃者が誰を狙っているのかは定かではないですが、ここまでは推測できます。

そう考えると、次かもしくはその次あたりに――。

「大規模な襲撃事件が起きる可能性は十分に考えられます」

「……俺もその予感はしていた。対策をしっかり立てないとな」

「ええ、襲撃者が〝大公の乱〟に見立てているのだとしたら、恐ろしいことになりそうです」

オスヴァルト様も危険性はわかっている上で結論を出したのでしょう。

私も色々と言いましたが、それでも襲撃者に屈するつもりはありません。

「戦うしか、ないですよね」

「うむ。元より逃がすつもりはない。迅速に解決するつもりだ」

私とオスヴァルト様は顔を見合わせて、うなずき合いました。

なにかが起こる。それがわかっているだけで十分です。

それならば止めてみせるだけ。私たちは決意を固めました。

「昨日、私の方でも少し考えてみたんですけど〝大公の乱〟と先日の襲撃が関連している可能性は当然として……そこにエルムハルトさんも関係しているような気がしています」

「エルムハルト？　あの男は信頼できる騎士だが、どうしてそう思うんだ？」

「はい。実は――」

私はオスヴァルト様に、昨日リーナさんたちから聞いた話やエルムハルトさんのところを訪ねた話を伝えます。

エルムハルトさんと〝大公の乱〟、そしてラーデン大公との噂。

リーナさんから見た彼の態度の変化など……。

オスヴァルト様は黙って話を聞いてくださいました。

「――というわけなのですが。どうでしょう？」

「リーナとエルムハルトの婚約からして、知らなかったが……そういう事情があったのか。俺はあのときに、エルムハルトを含めた騎士団に守られた身だ。あの男のことを信じる」

「オスヴァルト様……」

信じるという言葉の重さ。

オスヴァルト様は簡単にその言葉を口にしたのではないでしょう。

信じると言えばどこまでも信じる。オスヴァルト様にはその覚悟があります。

たとえ、エルムハルトさんに多少不利な情報が出たとしても信頼を失いはしないでしょう。

「だが、フィリアの懸念はもっともだな。こういうときは、あいつに頼るとしよう。ハルヤ！　いるんだろ？　出てこいよ」

「おやおや、二人きりのところを邪魔しても良かったんですかねぇ」

オスヴァルト様が彼の名を呼ぶと、音もなくハルヤさんが私たちの前に姿を現しました。

気配の消し方はヒマリさんと同じく元忍者だけあって、すごいですね。

まるで気が付きませんでした。

「話は聞いていたか？」

「ええ、もちろん。エルムハルト分隊長の身辺や侯爵家、そしてラーデン大公について調査しましょう。商売に利用していた独自の情報網もございます。貴重な情報は高く売れますからねぇ。経費などは追って請求しますゆえ、少々お待ちください」

ニヤリと口角を上げたかと思うと、ハルヤさんは姿を消しました。

「あいつ、経費などと言って法外な金額をふっかけるつもりじゃないだろうな？」

豪商ハリー・フレイヤとして顔が広い彼ならば、きっと有力な情報を摑んでくれるはずです。

「オスヴァルト様？　その場合はどうするおつもりなんですか？」

「んっ？　そんなの決まっているだろ？　値切るさ。ハルヤと根比べだ」

「まぁ、オスヴァルト様ったら。ふふっ……」

陽光の輝きのような笑みを見せ、冗談を口にするオスヴァルト様。

思わず私まで笑ってしまいました。

こんな日常をできるだけ長く続けたい。

そのためにも、できることは全部やります。

◆

ハルヤさんに調査を依頼してから、一週間ほどが経過しました。

周囲に気を配りながら生活していましたが、今のところ特に何事も起きておりません。

そして、ついにこの日がやってきました。

アレクトロン王族の方々がパルナコルタへやってくる日。

聖地はアレクトロンがある南方にありますが、いきなり聖地を巡礼するわけではなく、一度王都を訪れて交流を深めるのが通例となっております。

聖地巡礼は王都での交流パーティーを行った翌日以降に行われるのです。

「こちらのドレスお似合いですね～！　フィリア様の美しさが際立ちます～！」

「リーナさんったら、お世辞が上手ですね」

「お世辞などではありませ～ん！　本当に女神様みたいです～。ほら、ご覧になってください～」

鏡の前に立って自らの姿を確認します。

パーティードレスは青色を基調としており、スカートの部分には花柄の刺繍(ししゅう)が施されています。首元には琥珀(こはく)色の宝石が光るネックレスを身に着けて、最後にリーナさんに髪飾りもつけてもらいました。

「とても可愛らしいドレスですね。ハルヤさんが手がけているお店に発注したのですが、素晴らしい出来栄えです」

「ドレスも素敵ですが～！　フィリア様が素敵だからこそ栄えるんですよ～！」

リーナさんは嬉しそうな顔をして、私のドレスを見つめています。

アーツブルグで衣服などのお店から幅広い商売を手がけるようになったハルヤさん。

オスヴァルト様に仕えるようになってからも、商売に手を抜かない活力は本当にすごいです。

聞くところによると、パルナコルタの王都にお店をいくつか開く予定らしいです。

すでにライハルト殿下から直々(じきじき)に許可まで貰(もら)っているとか。

そのうちの一つでは衣服や生地を取り扱う予定とのことで、リーナさんもその話を聞いて喜んでいました。

「ところでリーナさん。今日のパーティー会場の警備にエルムハルトさんも参加しているそうです」

「へぇ～、そうなんですね～」

「……もう一度話す時間を作ってはいかがでしょうか？」

パルナコルタ王族とアレクトロン王族の交流パーティー。

当然、普段よりも厳重な警戒の中で開催されます。

リーナさんも護衛として私の側にいるので、少しぐらいなら話す時間を作れるはずです。

「フィリア様～、私もエルムハルト様もお仕事をするために会場にいるのです～。個人的な用件のために時間を使うわけにはいきません～」

彼女の言っていることは正論です。

以前の私ならこんな提案を思いつきもしなかったでしょう。

立場を利用するようで、あまり感心できない方法かもしれませんが、リーナさんのためならばいくら叱責を受けても構いません。

「リーナさんとエルムハルトさんなら話しながらでも警戒を怠るなどないでしょう」

「……う～ん。それはどうでしょうかね～。というより、フィリア様～。どうしてここまで気にかけてくださるのですか～？」

「えっ？」

「とてもとても嬉しいのですが、不思議です～。お友達でもここまでしませんよ～」

「………………」

理由、ですか。

あまり考えていませんでしたが、何故(なぜ)でしょう？

しばらく無言で私はリーナさんの疑問に対する答えを考えてみました――。

「私は……聖女になることが当たり前だと何の疑問も持たずに生きていました」

「フィリア様？」

「ですが、オスヴァルト様と結婚することは当たり前だとは思わなかったんです。上手く言えませんが、二人の気持ちが通じ合って結ばれたと……そう信じたいと思いました」

疑問も持たず定められた道を歩んでいましたが、運命のいたずらなのか隣国に売られてしまうこととなり、オスヴァルト様と出会いました。

結婚するまで色々とありましたが、共に乗り越えて……その過程でお互いのことを知り、惹かれ合ったと思っています。

だからこそ、私にとってオスヴァルト様との時間は何よりも尊いものなのです。

「事情があってやむを得ないこともあるかもしれません。それでもリーナさんには自分の気持ちを大事にして進んでほしいと思っているのです」

「私の気持ち……」

「はい。申し訳ありません。さすがにお節介がすぎるとはわかっているのですが……」

リーナさんからすると、主人がここまで気を回すのは逆に迷惑かもしれません。

彼女には彼女の考えがありますし、それは尊重するべきです。

無理やりにでもエルムハルトさんと話せとまでは言えません。

ですが、やっぱり黙って見ていることはできませんでした。

「……えへへ、リーナはフィリア様にメイドとしてお仕えできて良かったです～。本当に良かったと心から思いました～」

澄み切った瞳はまっすぐに私を見つめていて、一点の曇りもない純粋なものでした。

嘘偽りのない言葉に、私は少し感動してしまいます。

「私もリーナさんと出会えて良かったと心から思いますよ」

「そんな～！　もったいないお言葉です～！　フィリア様～！」

嬉しそうに破顔するリーナさん。

この国に来て、もう一年以上経ちますが彼女との出会いに感謝した回数は数え切れません。

「そろそろ準備を終わらせましょうか。オスヴァルト様がもうすぐ迎えに来てくださいますから」

「承知いたしました。……フィリア様、私もう一度、勇気を出して話しかけてみますね。エルムハルト様に本当の気持ちを伝えてもらえるように、頑張ってみます！」

「リーナさん……」

両方の拳をギュッと握りしめて、リーナさんは決意したような表情を見せました。

――やはり強い方ですね。

そんな健気な彼女だからこそ、絶対に幸福を手にしてほしい。

「――フィリア」

そう思った瞬間、オスヴァルト様が部屋のドアをノックします。

「オスヴァルト様、お待たせしました。準備に時間がかかってしまい申し訳ありません」

「俺もちょうど、準備が終わって迎えに来たところだ。じゃあ行こうか」

私はオスヴァルト様とともに王宮のパーティー会場へ向かいました。

◆

夕暮れどきに、馬車は王宮にたどり着きました。

「もう少ししたら会場にアレクトロン国王が到着する。主催者として挨拶するから、フィリアも側にいてくれ」

「はい。承知しております」

パーティーの会場にはすでに貴族たちがアレクトロン王国からのゲスト……つまりアレクトロン王族の方々と交流を深めていました。

私とオスヴァルト様、そして護衛のリーナさんが後ろに控えて会場内に入ります。

アレクトロン王国の国王陛下がもうすぐこちらにいらっしゃる……。

現在の国王陛下の名はエヴァン・アレクトロン。

〝大公の乱〟の際には第一王子であったと記録されています。

国王に即位したのは、つい二年前。

先代国王はまだ五十代半ばなのですが、より国を繁栄させるためにはエヴァン陛下の若さが必要だと、早々と国王の座から退いたのです。

アレクトロン王国の若き国王の誕生はジルトニア王国に居た頃に聞きました。

当時婚約していたユリウスが、自らの父親である陛下も早く引退すれば良いなどと嘯いていたことを覚えております。

しかし、エヴァン・アレクトロンが早く即位できた理由は若さだけではありません。

「エヴァン陛下については先日話したとおりだ。国民から高い人気を誇っており、アレクトロンの歴史でも類を見ないほどの優れた君主だと言われている」

「ええ、覚えております。しかし、それよりも衝撃だったのは……」

「あのことか。あれはエヴァン陛下からすれば正当な行為だ。苛烈だとは思うが」

「はい。もちろん陛下の行いはなにも間違っておりません。しかし驚いたのは事実です」

当時、王子であったエヴァン陛下を、身を隠しながら逃走していたラーデン大公は人質にしようと狙ったそうです。

しかし、エヴァン陛下の魔法により大公はあえなく焼き払われた。

オスヴァルト様から先日聞いた話です。

「エヴァン陛下だ！」

「エヴァン陛下がいらっしゃったぞ！」

間もなくして会場内がざわめき、エヴァン陛下が入場してきました。

燃えるような赤毛は会場の誰よりも目立っており、端整な顔立ちに褐色の肌……そしてルビーのように輝く瞳。

そこにいるだけで周りの空気をガラッと変えてしまう。

遠目から見ただけでも私は陛下からそういった印象を受けました。

「エヴァン陛下、よくいらしてくださいました。今年は私が聖地までの案内と巡礼中の警備の取り仕切りを務めさせていただきます」

「オスヴァルト殿、久しぶりだな。盛大なパーティーを開いてくれて礼を言う。明日からもよろしく頼む」

いつもの明るさは残しつつも、第二王子の顔でエヴァン陛下に挨拶をするオスヴァルト様。

それを受けて陛下は陽気そうに笑い、右手を差し出し握手を求めました。

「前に会ったときよりも随分と大人っぽくなったじゃないか」

「まだまだ青臭いだのと兄には言われておりますが、そう仰っていただき光栄です」

差し出された手を握り、オスヴァルト様も穏やかな笑みを返します。

「ははは、ライハルト殿は余よりも精神的に大人かもしれんからな。あの年齢であそこまで成熟している者はそうはおるまいて」

どうやら、エヴァン陛下はライハルト殿下を評価しているようですね。

確かに殿下は、常に物腰も柔らかく冷静沈着。

きっとエヴァン陛下の前でも王子として完璧な立ち居振る舞いをされているのでしょう。

「兄が聞くと喜ぶでしょう。伝えておきます」

「思っていることを口にしたまでだ。安心しろ、オスヴァルト殿。余のお気に入りはそなただ！

話していて気持ちの良い男だからな！」

「エヴァン陛下……お褒めに与（あずか）り光栄です」

まるで古くからの友人のように振る舞う陛下。

この懐（ふところ）への入り方は見事としか言えません。

陛下がアレクトロン王国史上最高の王だと言われている理由がよくわかります。

これは真似（まね）しようとしても真似できません。

生まれ持っての才能。そう言っても過言ではないでしょう。

「しかし、結婚式に顔を出せず悪かったな。予定が合えば出向いたのだが」

「いえいえ、とんでもございません。美しい祝いの品まで贈っていただき恐縮です」

「あれは余が自分で選んだ。女神様のような女性と結婚したと聞いたからな」

エヴァン陛下はそう口にすると、チラッと私の方に視線を向けられました。

白い歯を見せて微笑（ほほえ）む陛下に、私も一歩前へ歩み出ます。

「こちらが妻のフィリアです」

「エヴァン陛下、お初にお目にかかります。フィリア・パルナコルタです。陛下にお会いできて光栄です」

オスヴァルト様に促されて、私は陛下に自己紹介をしました。

パルナコルタの国王であるエーゲルシュタイン国王陛下との謁見も緊張しましたが、他国の国王に挨拶をするというのもかなり緊張しますね……。

「うむ。余もあなたに会えて嬉しい。あなたの活躍はアレクトロン王国にも届いているからな」

「私のことをご存じなのですか？」

「当たり前だろう。大陸の危機を救い、大聖女の称号を得たあなたの名前を知らぬはずがあるまい」

こちらを見据えながら、エヴァン陛下は微笑み、柔らかな視線をこちらに送ります。

アレクトロン王国には私の評判はどのように届いているのでしょう？

「母上が大層あなたを褒めていた」

「エヴァン陛下のお母様が？」

「ああ、……余の母親もあなたと同じく聖女だったのだ」

「もちろん存じております」

「もうとっくに引退はしているが、余の幼き頃は聖女として活躍をしていたのでな。余も聖女という存在には敬意を持っているつもりだ」

エヴァン陛下のお母様はアレクトロン王国の元聖女です。陛下が幼い頃まで現役で活躍されていたと聞いたことがあります。

陛下の魔法の才能は、聖女であるお母様から受け継いだものでしょう。

もちろん、魔力を持つ者の子が必ずその才を継承して魔力を持つとは限りません。

しかし、大きな魔力を持っている場合は通常より高い確率で受け継がれる。

これは近年の魔法学研究でも立証されています。

——そういえば、クランディ侯爵もかつては高名な魔術師でしたね。

息子であるエルムハルトさんは魔力を持っていないらしいですが……珍しいですね。

「聖女の魔法は特別だ。それが使えるだけでも大したものなのに、フィリア殿はさらに新しい魔法の開発もしていると聞く。まったく頭が下がる」

「お褒めいただきありがとうございます」

聖女の魔法——祈りによって神の力を借り、大いなる力を発動させる。

光の柱や結界術などがそれにあたります。

普通の魔法と明確に違うのは、邪なる力……魔物のみを区別して祓うことができる点でしょう。

つまり大規模に魔法を展開させても人間には害を与えずに力を行使することが可能なのです。

「エヴァン陛下は魔法にお詳しいのですね」

「詳しいなどとあなたの前で言えるほどではないが、な。母親の影響で魔法の鍛錬は幼いときより積んでいたから、多少の知識は持ち合わせている」

「そうなのですか」

ラーデン大公から自らの身を自らの力で守ってみせたエヴァン陛下。

その事実だけでも、陛下がどれほど鍛錬を積んでいるのかが推し量れます。

「魔力を有する者は少ない。さらに強力な魔法を使える者となると数えるほどしかいない。なればこそ、この力について理解を深めるのは才ある者の義務ではないか。フィリア殿はそれをよくわかっておるな」

魔法とは、魔物への対抗策として最も有力な手段です。

しかし、実際のところ大破邪魔法陣の発動前は……ほとんどの国で騎士団が魔物たちの討伐にあたっていました。

特に辺境では魔物の対策にあたる騎士の存在が必須だったのです。

「私には聖女になるという目標がありましたので、義務とまでは思っておりませんでした」

「ふはは、あなたの知識の深さはその域をゆうに超越しているではないか。噂はよく聞いているぞ」

「……恐縮です」

私が魔法について研究しているのは国の繁栄のためだと思っていました。

ですが、エヴァン陛下の仰る意味もわかります。

魔力が無ければ聖女にはなれません。それ以前に魔法について知ろうにも限界があります。

魔力を持つ者としての使命感のようなものが、私の原動力となっていた可能性はあるかもしれません。

「余はあなたのファンだからな。オスヴァルト殿も果報者だ。くれぐれもフィリア殿を大事にしろよ」

「もちろんです。私の人生のすべてを懸けて、妻と幸せになるつもりです」

「フィリア殿と幸せに、か。ははは、それはいいな。オスヴァルト殿の人間性がよく現れている」

幸せにすると言わないところがオスヴァルト様らしいです。

オスヴァルト様が不幸になるのなら、幸せになれないならば……私は幸福などいりません。ともに困難な道を選びます。

私がそう望んでいるとご存じだからこそ、そう仰ったのでしょう。

「パルナコルタ王国とこの先も永遠に良い関係性を築きたいと思っている。今日は我々のためにこのような宴（うたげ）の席を用意してくれてありがとう」

そう口にして、エヴァン陛下はオスヴァルト様に手を差し出しました。

「エヴァン陛下がお喜びならすべてが報われました」

オスヴァルト様は再び陛下の手を握りしめて、微笑みます。

——どこか、二人は似ていますね。

エヴァン陛下とは初めてお会いしましたが、最初抱いていた緊張もすぐにほどけました。

それはまるで陽（ひ）の光のような温かいお人柄がオスヴァルト様にそっくりだからかもしれません。

「明日も世話になるが、この借りは必ず返すから、困ったときはいつでも頼ってくれ」

「借りなど作った覚えはございません。ですが、陛下のお気持ちはありがたく頂戴しておきます」

「あはは、余の気持ちは受け取ってくれるか！　是非そうしてくれ」

オスヴァルト様と笑い合うエヴァン陛下を見て、私はこのパーティーの成功を確信しました。

もちろん、陛下のお人柄のおかげという側面もあるのですが、オスヴァルト様の誠実なお人柄が通じたのだと思います。

「では長々と挨拶をするのは余もあまり好きではないのでな。これで失礼しよう」

「パーティーを是非とも楽しんでください。なにかございましたら、なんなりと仰っていただいて構いません」

「うむ。フィリア殿も――おや？」

「えっ？」

挨拶を終わらせようとしていたエヴァン陛下は、ふと私の背後を凝視しました。

私もそれに釣られて、後ろを振り返ります。

「彼は？　あそこに立っている騎士は一体……」

「あそこに立っている騎士……？　エルムハルトのことですか？」

陛下の視線の先にはエルムハルトさんが立っていました。

「エルムハルト？」

「ええ、エルムハルト・クランディという名の騎士です。この会場の警備を任せております。騎士として非常に優秀な男ですよ」

「エルムハルト・クランディ……なるほど。そのような名前か。パルナコルタのクランディ家といえば、確か魔術師の家系として知られておったな」

エルムハルトさんを見つめながら少し考え込むエヴァン陛下。

この国の貴族の情報まで把握されているとは驚きです。

「ええ、そのクランディ家で間違いありません。エルムハルトはクランディ侯爵家の三男です」

「魔術師の名門家の三男か。あの姿、騎士団の者と見受けられたが……魔法まで使えるのか？」

「いえ、魔力はないと聞いています。しかし騎士としては優秀な男です」

「ほう、そうか。なるほど」

エヴァン陛下は興味深そうにうなずきます。

知り合い、というわけではなさそうですが……その表情はどこか懐かしんでいるように見えました。

「エルムハルトがどうかいたしましたか？」

「いや……誰かに似ていると思ったのだが、どうやら勘違いのようだ。はは、すまんな。いらない心配をさせてしまった」

そう笑いながらエヴァン陛下は、背を向けて他の方のところへと足を向けました。

一体、エルムハルトさんが誰と似ていると勘違いしたのでしょうか。

クランディ侯爵とは面識がないようでしたし、そもそも私の印象ですが侯爵とエルムハルトさんはパッと見て親子と認識できるほど似てはいません。

とはいえ、他に思い当たる人物が私の知る限りではいませんが……。

そういえば、クランディ侯爵は今日のパーティーは体調不良らしく欠席でしたね。

事前に連絡があったと聞きましたが、これは偶然でしょうか？

「オスヴァルト様……」

「フィリア、あなたの言いたいことはわかるが、今はやめておこう。パーティーを成功させるのが先だ」

「そうですね。エヴァン陛下も心配するなと仰っていましたし」

私とオスヴァルト様は顔を見合わせましたが、それ以上考えるのは止めました。

今すぐなにかわかるものでもなさそうですし、パーティー中に余計なことを考える暇はありません。

エルムハルトさんとエヴァン陛下は接点がないはず。この件はあとにしましょう。

オスヴァルト様と私はアレクトロン王国から訪問された他のゲストの方と話をすることに意識を傾けました。


パーティーはつつがなく進行し、和やかなムードでした。

私はオスヴァルト様の隣におり、質問があれば答えるというような立ち位置で話を聞いております。

「はっはっは、オスヴァルト殿下の仰るとおりでございます。我が国も農作物の収穫量を増やす取り組みに昨年から力を入れておりまして」

「そうだったのか。ならば今度は両国で合同の研究会を開かないか？　互いに豊作を目指して頑張ろうではないか」

オスヴァルト様はそのお人柄で、アレクトロン王国の重鎮の方々と仲良くなり、そこには常に笑顔がありました。

エヴァン陛下も同じくパルナコルタ王国の役人たちとお話をされており、その気さくなお人柄で交流を深めています。

ライハルト殿下がオスヴァルト様に今回の一連の進行を任せたのは、エヴァン陛下と波長が合うと読んだからでしょう。

今後、ライハルト殿下が王位を継承したとき……周辺国も含めて情勢がどうなっているかわかりません。

だからこそ、今は周囲にできるだけ多くの味方がほしいと殿下は考えているはずです。

ならば、誰とでも打ち解けることができるオスヴァルト様の力が必要だとお考えになるのは自然です。

少なくとも私はそう思います。

妹のミアもそうでしたが、周りを巻き込み団結させることができる人間性。

それは個人の力量を遥かに超える大きな力となります。

人間一人が完璧になろうと、その力は知れているのです。

オスヴァルト様、私もあなたの力の一つになりたい。

そして、この国をどうにか守れるように全力を尽くしてみせます。

「フィリア、ここは俺に任せておいてくれ。あなたは少し休むとよい」

そんな中、オスヴァルト様はゲストたちの話し相手は自分だけで大丈夫だと仰せになりました。

「えっ？　オスヴァルト様、ですが私は――」

「リーナの件もあるだろ？　エルムハルトと話すチャンスを作ろうと考えていたのではないか？」

「よ、よくご存じですね」

「ははは、これでもあなたの夫だからな。ちょっとくらいは考えが読めるさ」

——話さずとも察してくれる。

もちろんそこに甘えるつもりはありませんが、素直に嬉しいです。

ここはオスヴァルト様のご厚意を受け取りましょう。

「それでは失礼いたします。……リーナさん、行きましょう」

私は側に控えていたリーナさんに声をかけました。

「は～い。ですが、私はフィリア様の護衛として気は抜きませんからね～」

「もちろんわかっています。それでは参りましょう」

リーナさんとともにエルムハルトさんのもとへと向かいます。

少々ずるいかもしれませんが、私から話しかけてリーナさんに繋(つな)いだほうが彼も無下(むげ)にできないでしょう。


「エルムハルトさん、お話をしてもよろしいですか？」

「フィリア様、パーティーの場で私のような者に話しかけても大丈夫なのですか？」

パーティー会場内の警護をされているエルムハルトさんに近付いて声をかけると、彼は少し困った顔をしました。

後ろに数歩下がったところにリーナさんが控えているので、どんな話題か察したのでしょう。

「私の都合でしたら問題ございません。お話ししていただけるとありがたいです」

「お人が悪いですね……私のような一介の騎士が王子妃殿下を無視するなどできるはずがございません」

一瞬だけリーナさんに視線を向けて、こちらの目を見たエルムハルトさんは諦めたように息を吐きます。

つけ込むようなやり方となりましたが、話を進めましょう。

「ずっと考えていました。エルムハルトさんがリーナさんを避ける理由を。そして、あなたの過去になにがあったのか、を」

「……それは、なんとも。フィリア様の貴重なお時間を私ごときに使われるとは、もったいないことをされます」

わざとらしく驚いたような顔をされていますが、彼の額からは汗が流れていました。

かなり緊張しているみたいです。

「私がエルムハルトさんと知り合ってからの期間は短いです。なので、あなたがどのような方なのか、その多くはリーナさんやレオナルドさんから聞いた印象になります。……それでも、私はあなたが慈愛に満ちた方なのだと思いました」

「買いかぶりです。私は自分本位の人間です。だから、先日もすべてを語れませんでした」

「そうでしょうか？　私の師匠は長い間、私を想うからこそ真実を告げないという選択をしました。愛するがゆえに、話せないということが人にはあるのです」

私のお母様……ヒルデガルトは弟子であった私に実の母親だと打ち明けませんでした。

それは自責の念という部分もあるのでしょうが、私の将来を想ってというところが大きいでしょう。

その沈黙は、自分自身を虐め抜くと言っても過言ではありません。

真実を知ったとき、私は母親の苦しみと愛を知りました。

「仰っている意味がわかりませんな。私にそのような想いなど――」

「これは推測にすぎませんが、エルムハルトさんの過去が明らかになったとき、リーナさんにも火の粉が及ぶならば、どうでしょう？」

「っ……」

私の言葉を耳にしたエルムハルトさんの顔が強張ります。

確たる証拠はないので、ハッタリを仕掛けることになりますが、なにか言質を引き出してリーナさんに繋げましょう。

「例えば、クランディ侯爵との関係……」

「父との関係？　確かに父との関係は良好ではありません。大っぴらにしていることではありませんが、隠しているわけでも――」

「侯爵はあなたの本当の父親ですか？」

「――っ!?」

短いやり取りでも確信しました。エルムハルトさんは誠実な方です。

基本的に嘘が苦手。

だからこそ、リーナさんやレオナルドさんの質問を沈黙でやり過ごしたのでしょう。

そして、その誠実さが仇となった。

今の彼の表情は私の問いへの答えとなっているのですから。

「ど、どうしてそんな質問を？　父は侯爵ですよ？　見ず知らずの人間を自身の息子にするはずがないでしょう。適当なことを仰らないでください」

この問いかけはあくまで憶測。

あらゆる可能性を考慮した中で一番確率が高そうな仮定を問うたにすぎません。

クランディ家の血を引いているのに魔力を持たない。

侯爵との見た目の印象の違い。

妾の子という不透明な出自。

誠実で実直な彼が隠したいと思うほどの過去。

そこから導き出した……残酷な私の妄想です。

「もちろん証拠はありません。ですが、否定はされないのですね？」

「せ、聖女がハッタリを利かせるなどしても、良いのですか!?」

「聖女として相応しくないと言われれば、その通りです。批判は甘んじて受けとめましょう。質問にさえ答えてくだされば、謝罪いたします」

「くっ……」

歯を食いしばり、嫌そうな顔をするエルムハルトさん。

彼は先日言っていました。

『騎士道精神に誓って嘘はついていません』

つまり彼にとって欺瞞とは騎士道精神に反する行為。

嘘はつけない。

だからこそ、質問に答えられないでしょう。

「エルムハルトさん、答えていただけますか？　侯爵はあなたの本当の父親ですか？　そうでなかった場合、あなたの本当の父親の正体こそ……あなたが隠したいと――」

バリンッ!!

突然窓ガラスの割れた音が会場内に響き渡り、魔物の気配がいくつもパーティー会場の周りから発生しました。

これは先日の襲撃事件と同じです。

「このタイミングで……」

私はオスヴァルト様とエヴァン陛下の位置を確認しようと視線をそちらに向けました。

バリンッ!!

その瞬間、さらに窓ガラスが次々と割れて、魔物たちが会場に入ってきました。

「フィリア様～、ここは私に任せてくださ～い！」

「リーナさん！　後ろからも魔物が！」

『ガルルルルッッ!!』

リーナさんは私に注意を向けており、背後から襲い来る魔物に気付いていていません。

「シルバージャッジ――」

『ギャアアアッ!!』

リーナさんを守るために魔法を使う間もなく、彼女に襲いかかってきた魔物は断末魔の声をあげました。

「怪我(けが)はないか?」

「エルムハルト様……?」

私が魔法を発動するよりも早く……エルムハルトさんがリーナさんを襲う魔物を両断しました。

なんという速さ。なんという剛力(ごうりき)なのでしょう。

強いと聞いてはいましたが、これほどとは……。

「わ、私は平気です!　ですが、エルムハルト様のほうがお怪我を……」

リーナさんは弱々しい声で彼の言葉に返事をします。

彼女を守るには緊急を要したのでしょう。

なんとエルムハルトさんは……魔物の爪をその身に受けながら、剣を振るったのです。

「これくらいなんでもない。仕事にも差し支えない程度だ」

静かにそう告げるエルムハルトさんは、会場内に侵入した魔物たちから人々を守るために駆け出していきました。

オスヴァルト様が信頼している理由がわかります。

彼のような騎士を失うわけにはいきません。

次々と入ってくる魔物たち。すでに十体ほど会場内にいます。

「シルバージャッジメント!!」

大破邪魔法陣の中でも活動ができる魔物を相手に、結界術はあまり効果がないかもしれない。

そう判断した私は魔物たちを直接攻撃することにしました。

「さすがは聖女フィリア殿だ。噂と寸分違(たが)わぬ素晴らしい力ではないか」

「エヴァン陛下……お褒めに与り光栄です。危険ですので、どうか安全なところに避難してください」

オスヴァルト様は少し離れた位置でフィリップさんなど騎士団の方に守られながら、指示を出しています。

他国からのゲストの避難は最優先事項。

特に国王であるエヴァン陛下に怪我を負わせるわけにはいきません。

「あなたの側なら安全であろう?　それに余もそれなりに魔法の心得がある――」

その言葉と同時に、紅蓮(ぐれん)の炎がエヴァン陛下の手のひらから放たれました。

魔物を焼き尽くしてしまうほどの強力な炎魔法。

噂通り陛下の魔法の実力は相当なもののようです。

「シルバージャッジメント!」

視認できる範囲ですが、これでほとんどの魔物は討伐したはず。

あとは騎士団やリーナさんたちに任せておいても大丈夫でしょう。


「陛下、どうぞこちらへ」

「うむ。案内を頼む」

事態が落ち着いた頃、エヴァン陛下は騎士団に護衛されながら会場から出ていかれました。

「ふぅ……なんとか被害を最小限に食い止められましたか」

私があたりの様子をうかがっていると、オスヴァルト様がこちらに近付いてきました。

「フィリア、すまないな。あなたの手を煩わせてしまった」

「いえ、私はパルナコルタの聖女です。魔物の手から国民を、お客様を守るのは当然の務めですから」

「ありがとう。騎士団だけでは被害が大きくなったかもしれん。最小の被害で抑えられたのはあなたのおかげだ」

私の手を握りしめて、お礼の言葉を述べるオスヴァルト様。

「水臭いですよ、オスヴァルト様」

「えっ？　そうか？」

「はい。私はお礼を言われるために務めを果たしたわけではありません。守りたい人を守るために務めを果たしたのです」

「……そうだな。だが、フィリア。それでも俺は礼を言いたいんだ。あなたのその心意気を当たり前だと思いたくないからな」

優しい目をしながら、オスヴァルト様はその想いを口にしました。

当たり前だと思いたくない。

その言葉にオスヴァルト様のどんな想いが込められているのか、すべてはわかりませんが――。

きっと、こんなにも胸をときめかせている理由がそこにあるのだろうとなんとなくそう感じました。

「フィリア様〜！　周囲の魔物はすべて討伐されたみたいです〜！」

「そのようですね」

「まだまだ油断はできんがな。時間差で〝魔性のナイフ〟によって操られた魔物がまた襲いくるかもしれん」

ついに動き出した――その気配に緊張感が走りました。

◆

「オスヴァルト、客人たちは無事か？　会場のほうに残された者はいないだろうな？」

「問題ない。フィリップから、騎士団の護衛のもと無事に客室まで送り届けたと報告があった」

王宮の会議室に急遽集まった私たち。

ライハルト殿下はオスヴァルト様に状況を確認します。

騎士団の方々が迅速に動いてくださったおかげで、アレクトロン王族の方々も無事で、パニックにならず怪我人もほとんど出さずに済みました。

エルムハルトさんも軽傷でしたので、私の治療ですぐに傷はふさがりました。

「それならいい。……エヴァン陛下、このような場所にご足労いただき申し訳ありません」

そして殿下は、わざわざ会議室に足を運んでくださったエヴァン陛下に頭を下げます。

「ライハルト殿が謝罪するには及ばない。しかし驚いたぞ。フィリア殿の大破邪魔法陣で魔物は無力化されていたはずだろう？」

「襲撃は〝魔性のナイフ〟による効果です。〝魔性のナイフ〟についてはご陛下もご存じですよね？」

「〝魔性のナイフ〟？　ほう……またその名を聞くことになろうとは」

エヴァン陛下は〝魔性のナイフ〟の名を聞いて、目を細めました。

彼は〝大公の乱〟に巻き込まれた被害者です。

その名前を知らぬはずがありません。

「では、ラーデン大公の縁者が犯人なのか？　すぐに〝魔性のナイフ〟という言葉が出てきたということは少なくとも一度は同様の襲撃が起きているのだろう？」

「縁者が犯人かどうかは、まだわかりません。関係している可能性は高いと思いますが……。仰るとおり、既に一度オスヴァルトとフィリアが魔物に襲われております」

さすがはエヴァン陛下。

簡単な説明だけで、〝魔性のナイフ〟を使った事件がすでに起きていることにまでたどり着きます。

「なるほど。そのような状況にもかかわらず巡礼を中止にせずにいてくれたのか。申し訳ないことをしてしまったな」

「いえ、私は巡礼の中止を勧めました。続行を決断したのはオスヴァルトです」

ライハルト殿下はオスヴァルト様のほうを向き、そう伝えます。

危険は十二分に想定できたのに、オスヴァルト様は勇気のある決断をしました。

「なんとオスヴァルト殿の指示か。……エルムハルトとやらを始めとして、騎士団の連携は素晴らしかったぞ。余たちアレクトロン王国の者を誰一人として傷つけぬという気概を感じた」

「お褒めに与り光栄です。フィリアの助力もあり、なんとか最低限の面目は保ったつもりです」

オスヴァルト様は私の名前を出し、一礼しました。

聖女として皆さんを守りたいという意思はありました。

ですが、それ以上にオスヴァルト様の決断が正解だった。

そう胸を張って言えるように力になりたかったのです。

「ですが、情けない話、〝魔性のナイフ〟はまだ見つけられておりません。優秀な部下が探しているので、間もなく所在ははっきりすると思うのですが……」

そう。ハルヤさんを始めとして、多くの人員を〝魔性のナイフ〟捜索にあたらせているのですが、手がかりすら中々見つからないという状況です。

今回の事件解決には〝魔性のナイフ〟の発見が必須。

所在について気にかけるのは当然です。

「エヴァン陛下。このような状況ですが、警備は万全にすると約束します。しかし、中止にすると仰るのでしたら、それでも構いません」

オスヴァルト様はエヴァン陛下をまっすぐに見据えて、そのような言葉をかけます。

陛下からすれば、どんなにこちらが完璧な警備をしていたとしても、不安が残るかもしれません。

自国ではないのですから、それは当然でしょう。

「ふっ、余は知っているぞ。オスヴァルト殿は必ず約束を守る男だ」

「エヴァン陛下……」

「あなたが万全な警備をすると言ったのだ。余はなにも心配はしていない。パルナコルタ王国は、騎士団も聖女も優秀な者がいるのだからな。……世話になるぞ、オスヴァルト殿」

穏やかな表情で微笑みかけるエヴァン陛下。

他国の人間を、ここまで信頼してくださるとは……。

「任せてください。何人(なんぴと)にも聖地巡礼の邪魔はさせません。必ずやエヴァン陛下の信頼に応えてみせます！」

このときのオスヴァルト様の表情はあのときと同じです。

『いつかこの国を愛して貰えるように努力する』

初めて会った私とそんな約束をしてくれた……一途でひたむきで、誠実な人。

こんな顔を隣で見せられると力が湧いてきます。

「エヴァン陛下、弟を信頼してくださりありがとうございます。私も力を尽くしますゆえ、よろしくお願いいたします」

「ライハルト殿、パルナコルタ王国には毎回無理を頼んでいるのだ。アレクトロン国民たちへの説明は余に任せてくれ」

その言葉とともにこの日はお開きとなりました。

明日の聖地巡礼は必ずなにか良くないことが起こるでしょう。

ですが、負けません。絶対に屈するわけにはいかないのです。

◆

「まさかパーティーに魔物をけしかけるなんて、びっくりしましたね～」

屋敷に戻ると、オスヴァルト様は今日の一件をまとめるために書斎へと行きました。

それを見送った私にリーナさんが紅茶を淹れてくれます。

会場の警備は厳重で、狙うなら移動中だろうと予想していましたので、私としても意外でした。

目的は先日の襲撃と同じく戦力の把握。

それ以外には思いつかないのですが、果たして……。

「リーナさん、怪我されていたら遠慮なく言ってくださいね。治しますから」

「いえいえ～、問題ないで～す。エルムハルト様が守ってくださったおかげで私は平気でした～」

「それなら良かったです」

リーナさんに襲いかかる魔物を両断したエルムハルトさん。

それは騎士としての務めを果たしたとも言えますが……。

「エルムハルトさんはリーナさんの危機を察知して、身の危険を顧みずに守ることを優先したように見えました」

あれほどの達人です。

冷静に戦えば、あのくらいの魔物は無傷で仕留められたでしょう。

それでも傷を負った彼からはリーナさんを一切傷つけないという気迫が感じられました。

「やっぱりエルムハルト様はお父様が仰っていたような方でした！　誰よりも寡黙だけど、誰より優しい方なんです～」

「リーナさん……」

「確かにタイミングが悪くて、話しそびれちゃいましたけど。それよりも多くのことがわかったような気がします～」

百聞は一見にしかず。

彼がリーナさんの前でとった行動は、その性格と信念を現したものでしょう。

エルムハルトさんの想いがわかった。

リーナさんにとってこれ以上の収穫はないかもしれません。

「それにしても本当に迂闊でした～。最初の魔物でなければ私も反応できたはずでしたし～。エルムハルト様が傷つくこともなかったのですが～」

確かにリーナさんの言うとおりですね。

背後からいきなり襲われる、というような状況でなければ、彼女ほどの腕前なら不覚を取らなかったでしょう。

魔物がまさかリーナさんを最初に――。

「ちょっと待ってください……」

「フィリア様?」

パーティー会場にはエヴァン陛下やオスヴァルト様もいたのに、リーナさんが最初に襲われている……。

いえ、ですが演習場のときにはリーナさんはいませんでしたし、私やオスヴァルト様が狙われました。

私の側にいたレオナルドさんやオスヴァルト様の側にいたフィリップさんとエルムハルトさんも同様ですが……。

「違います。あのとき私がリーナさんにおつかいを頼んで……」

考えすぎかもしれません。

今回の件は〝大公の乱〟が絡んでいます。

リーナさんはそのときまだ生まれたばかりの赤ん坊だったはず。

関係しているとは……いえ、まったく関係ないとはいえませんね。

だって、〝大公の乱〟が起きていなければ――。

「な、なんだって!!」

「「――っ!?」」

そのとき、書斎からオスヴァルト様の大きな声が聞こえました。

一体なにが起きたというのでしょうか。

「リーナさん」

「はい」

私たちはオスヴァルト様の書斎へと向かいます。

「オスヴァルト様、入ってもよろしいでしょうか?」

「んっ？　ああ、入ってくれ」

オスヴァルト様から許可をいただき、書斎へと足を踏み入れる私たち。

部屋の中にはオスヴァルト様とともにハルヤさんもいました。

「フィリア、すまない。大きな声を出して驚かせてしまったな」

「いえ、お気になさらないでください。それよりなにかあったのですか？」

私はオスヴァルト様に近付いて理由を尋ねます。

あの驚きよう。よほどのことがあったに違いありません。

「それは今から説明する。……ハルヤ、もう一度言ってくれ」

オスヴァルト様はハルヤさんに視線を向けました。

彼は書類の束を持っており、それを読み上げます。

「まず、最初に一つの事実をお伝えします。……エルムハルト・クランディ侯爵の息子ではありません」

「やはり、そうでしたか」

パーティーでエルムハルトさんに問いかけた憶測。

魔物の襲撃で中断してしまいましたが、奇しくもハルヤさんはその裏付けを取っていたみたいです。

「おやおや、フィリア様はご存じだったのですか？」

「いいえ、確証はありませんでした」

「ふーむ。とっておきの情報だと思っていましたのに、冷静に受け止められるとこちらがリアクションに困りますねぇ。一体、どうやって推理したのやら」

肩をすくめて、やれやれというような仕草をするハルヤさん。

しかし、私は核心的な部分を知りません。

それを知らないうちは真実にたどり着いたとは言えないでしょう。

「ハルヤさん、エルムハルトさんの本当の父親は誰なのですか？」

「ふむ。さすがにそこまではフィリア様でもわかりませんか。彼の本当の父親はラーデン大公です。いやはや、ここまで調査するのは苦労しましたよ」

「「――っ!?」」

ここにきて衝撃の事実を告げるハルヤさん。

エルムハルトさんがラーデン大公の息子？

……なるほど。それなら彼がここまで沈黙を貫いていたのもうなずけますね。

どうやら、リーナさんの婚約者は波乱万丈の人生を歩んでいるみたいです。

◇（ハルヤ・フウマの調査報告）

「さて、どこから説明しましょうか」

エルムハルト・クランディの身辺調査、そして〝大公の乱〟と〝魔性のナイフ〟の行方(ゆくえ)。

商人として築いた独自の情報網を駆使して様々な方面から情報を仕入れた結果……浮かび上がったのはエルムハルトとラーデン大公の親子関係であった。

「とりあえず時系列を追ってお話ししましょうか。まずはラーデン大公ことリーンメルト・ラーデンの生い立ちから。背景を知っておいたほうがこのあとの話も頭に入りやすいでしょう」

ラーデン大公は現在の国王であるエーゲルシュタイン陛下の叔父……つまり先代国王の弟にあたる。

先代国王から、大公という地位を特別に与えられ、国王に次ぐ権力を持っていた。

「ここまでは皆さんもご存じのところでしょう」

豪快さと人当たりの良さが同居しているラーデン大公は、国民たちからかなり人気があったようだ。

第二王子の頃より兄以上に慕われており、先代国王が即位した際も反発の声があったとのこと。

しかし、大公自ら兄である先代国王に永久の忠誠を誓うことで、民を宥(なだ)めたという。

先代国王もその一件があったからこそ、生涯に亘(わた)って彼を重用した。

大公の地位を作ったのもその一環である。

「ですが、この特別待遇は良い方向へと繋がりませんでした」

国王に次ぐ地位。実質的に国内で二番目の権力を持っているラーデン大公。

彼が忠誠を誓っているのはあくまでも先代国王ただ一人。

つまり当時、第一王子であったエーゲルシュタイン陛下にはその忠誠心は向いていなかったのだ。

大公だけがそうならばまだいい。

大公を慕う貴族たちにも、次期国王であったエーゲルシュタイン陛下を軽んじる者たちが少なくなかった。

「さて、話をラーデン大公とエルムハルト・クランディの親子関係に戻しましょう」

そうして王族と貴族が歪(いびつ)なバランスを保っていた頃、ラーデン大公は妻子がある身にもかかわらず、とある下流貴族の娘と過ちを犯した。

娘は子供を宿して、出産。赤子を抱えて大公に相談したそうだ。

このとき、彼の人気は国王すら上回るほどにまで膨れ上がっていた。

神格化された人格は実物を超えており、大公はこの頃から自らの評判を過剰に気にするようになる。

軽い気持ちの火遊びで子供を作ってしまった。

そんなよくあるスキャンダルも、彼は周知されることを嫌がった。

民衆が勝手に神格化しているとはいえ、今さらそのカリスマ性が壊れてしまうのは、いかにも具合が悪いと考えたのだ。

「結果としてラーデン大公はその赤子をクランディ侯爵に引き取らせます。侯爵自身の妾の子として……」

この侯爵家という部分が、絶妙な隠れ蓑になっていた。

なんせ、クランディ侯爵家は先代国王が即位した時期からラーデン大公と距離を置いていた。

とある夜会で酔っ払った侯爵が大公に悪態をつき、喧嘩になったのだとか。

それからというもの、両者の交流は途絶えた。

まさかその家にラーデン大公と血が繋がった息子がいるとは、誰も思わないだろう。

それでは――どうやって、このような無茶な要求を呑ませたのか。

「ラーデン大公はクランディ侯爵のとある秘密を知っていたらしく、それをネタに強請っていたとされています。もっともどのようなネタだったのかまでは残念ながらわかっておりません」

お互いに秘密を握り合う関係となったラーデン大公とクランディ侯爵。

絶縁状態の発端となった夜会の喧嘩は、この件を隠蔽するにあたって絶妙なカモフラージュになったのだ。

「それから時は流れ、エーゲルシュタイン陛下が即位した直後に〝大公の乱〟が起きます」

叛乱が鎮圧され、ラーデン大公も逃亡を試みるが失敗して亡くなった。

クランディ侯爵は本件に一切かかわっておらず、エルムハルトと大公の関係は闇の中に葬られる。

「つまりですねぇ。エルムハルトさんは大公にとって、不名誉な過去の証明とも呼べる人物なのです。そして侯爵にとっては、決して秘密を知られてはならない厄介者とでも言いましょうか。今回の話は非常に興味深いものでした。……私からは以上です」

「や、厄介者ってなんてこと言うんですか～!!」

ハルヤさんの話を聞いたリーナさんは不機嫌そうな声を上げました。

「これは失礼を。私がそう思っているわけではありません。あくまでもクランディ侯爵の立場にたっての見解を述べたまでですねぇ」

クランディ侯爵の立場からすると、叛乱を起こした大罪人の息子を匿っているという状況になります。

バレれば自らが守っていた地位が危うくなる。

そう考えても無理はないでしょう。

侯爵にとって、エルムハルトさんは邪魔な存在……。

「すみませんねぇ。ラーデン大公の縁者……つまり妻や子がこの事件に絡んでいると思い探っていたのですが、隠し子の存在しか突き止められませんでした」

「いや、いい。大公の縁者は北の辺境で暮らしているはずだが、怪しい動きはなかったのか?」

「ええ、残念ながら。静かに暮らしているみたいです。北の分隊の監視をかいくぐった様子もありません」

これが〝大公の乱〟の再現ならば真っ先に疑われるのはラーデン大公との繋がりが強い人物で

しょう。

この国の法律では罪を犯した者が連座して責任を負うということはないので、大公の縁者はまだ存命なのです。

ですが、今回の件との繋がりはなかったみたいですね……。

「エルムハルト様……怪我(けが)をしてまで私を庇(かば)ってくれたんです。立派な騎士なのに、あんまりです……」

そうですね。

あのとき、リーナさんを守るために傷を負ったエルムハルトさん。

私もその姿を目(ま)の当たりにして感銘を受けました。

「そういえば、エルムハルトは〝魔性のナイフ〟が絡んでいるときはいつも怪我をしているな」

「えっ？」

「いや、偶然だろうが、演習場で俺と一緒にいたときも怪我をしているし。〝大公の乱〟のときに至っては大怪我をしているだろ？」

オスヴァルト様はエルムハルトさんが〝魔性のナイフ〟によって何度も怪我を負っていると指摘しました。

言われてみれば、確かにそうですね……。

「ではでは〜、まさかクランディ侯爵が〝魔性のナイフ〟でエルムハルト様を狙って〜？」

「いえ、クランディ侯爵がエルムハルトさんを狙うならもっと確実な方法があるでしょう。侯爵家に身を寄せているのですから」

離れとはいえ、同じ屋敷に住んでいますし、わざわざ〝神具〟を盗み出してまで暗殺しようとするとは思えません。

するにしても、パーティー会場などを襲う理由はないでしょう。

「そうですね……すみません～、馬鹿なことを言いました～」

「そうでもありませんよ。クランディ侯爵がエルムハルトさんを狙っているかどうかはさておき、〝魔性のナイフ〟と無関係かどうかはわからないのですから」

「うむ。ラーデン大公に繋がっているという事実が出たのならば、クランディ侯爵は〝大公の乱〟とも関係がある可能性がでてきた。それに、侯爵は魔術師としても優秀な人間だった。その高い魔力が未だに健在だとしたら……」

「はい。魔力の量は加齢とともに多少衰えますが、そう簡単には落ちません。〝魔性のナイフ〟を使用する分には不自由しないかと」

「そして何より、侯爵は陛下が信頼している魔法の専門家。〝魔性のナイフ〟の在り処を知っていた、数少ない人物の一人だ。これは疑わないほうがおかしいな」

オスヴァルト様の仰るとおり、すべてが繋がり線となれば新たな事実が判明する可能性があります。

ラーデン大公とクランディ侯爵の秘密。

そして魔力を持つ者しか扱えない〝魔性のナイフ〟。

魔力を持つ者というだけで使用者はかなり限定され、ここにきて侯爵はその第一容疑者に急浮上しました。

「クランディ侯爵についてはさらに詳しく調べたほうがいいですね。ハルヤさん、お願いできますか？」

「すでに調査の手は回しております。明日にはご報告いたしましょう。……とはいえ、私個人としては聖女フィリア様を狙う輩(やから)に注意を向けておいたほうが良いと思います」

「私を狙う者、ですか？」

「ええ、かねてよりご忠告申し上げておりますが、フィリア様に悪意の刃(やいば)を向けようとしている者は確かにいるのです。〝魔性のナイフ〟の盗難に関しては、その線でも調査しております」

ハルヤさんの忠告はもっとも。

とはいえ、今回に関しては私を狙っているというよりも、もっと他の悪意の可能性が高いでしょう。

「明日、私は自分の身は自分で守り切るとお約束します。ハルヤさんの考えをすべて否定するわけではありませんが――」

「クランディ侯爵についての調査に全力を注げ。そう仰るのですね？」

「すみません。根拠はまだ十分ではないですが、そのほうが良いような気がするのです。なんせ侯爵はこの国の中でも有数の魔術師ですから」

「ふーむ。私としては侯爵クラスの高位貴族が叛乱にも似た騒動を起こすとは思えませんが……」

私には狙われているという忠告さえあれば十分。

毎日の修行は怠ってはおりませんし、気を張っていれば魔物がたとえ幾十と襲いかかってきたとしても問題ありません。

ハルヤさんの言うとおり、侯爵ともあろう方がその地位を捨ててまで叛乱に及ぶなど考えられませんが、すべての事実がその可能性を示唆しているように見えるのです。

「オスヴァルト殿下、どうします？」

「フィリアの言うとおりにしてくれ。俺もここまでくればクランディ侯爵になにかあるとしか思えん」

「殿下がそう仰るのならばそうしましょう」

オスヴァルト様に確認を取ったハルヤさんは、瞬く間にこの場から去っていきました。

ハルヤさんならばきっとなにかを摑んで来てくれるはずです。

彼の報告を待ちましょう。

「騎士団にはもう伝えているが、聖地巡礼の際は今まで以上に警戒を厳重にする。なにが起きても対応できるように、な」

「ええ、わかっております」

「だが……フィリア。都合よく利用するようなお願いですまないが、いざというときは力を貸してくれ。多分、今回はあなたの力が必要だ」

オスヴァルト様は私のほうを向き、はっきりとそう仰いました。

そんなことわざわざ仰らなくても私の答えは決まっています。

「……誰に頼られるよりオスヴァルト様に頼りにされて嬉しいです。任せてください。パルナコルタの聖女として必ずや、お役に立ってみせます」

「ああ！　頼んだぞ！」

私が決意を述べるとオスヴァルト様は力強く手を握りしめてくれました。

なにが起きてもパルナコルタ王国のために、オスヴァルト様のために……私はできることをするだけです。

◆

エヴァン陛下たちが王都を訪問された翌日。

私はオスヴァルト様と同じ馬車に乗り込み、聖地がある遺跡へと向かいました。

「今日は私が車内でのお二人の護衛を務めさせていただきま～す」

リーナさんも私たちの馬車に同乗しています。

彼女ならば不測の事態にも冷静に対応してくれるでしょう。

「フィリア様、私とヒマリは外を警戒しましょう」

「私ならば遠くまで不穏な気配を感じ取ることができますゆえ。ご安心なさってください」

そして、レオナルドさんとヒマリさんが馬に乗って馬車の周囲の警戒にあたってくれています。

頼りになって、信頼のおける仲間が近くにいてくれる。

それだけで安心できますね。

「パルナコルタ騎士団も予定どおり護衛任務を開始したそうだ」

エヴァン陛下をはじめとするアレクトロン王国の方々は、パルナコルタ騎士団の皆さんが護衛をしています。

オスヴァルト様は騎士団の半数をアレクトロン王族の警護に回しました。

残りの半数はライハルト殿下とエーゲルシュタイン国王陛下の乗車している馬車へ。

エルムハルトさんの担当はエヴァン陛下たち、アレクトロン王国側の警護です。

侯爵から狙われているかもしれないという懸念はありましたが、それならば〝魔性のナイフ〟など使わずとも確実な方法があるだろうということと、分隊長不在で南方の分隊の統率力が低下するリスクを考慮してそのまま任務にあたってもらうこととなったのです。

馬車は南方の分隊の管轄地域に入り、聖地である遺跡に近付いていていました。

ちなみに前方にエヴァン陛下たち、後方にライハルト殿下やエーゲルシュタイン陛下たちが行進しており、私たちはライハルト殿下たちに近い位置にいます。

「私がアレクトロン王国の方々の警護に回っても良かったのですが……どうでしょう?」

今さらですが私はオスヴァルト様に確認をします。

結界が通じないかもしれないとはいえ、魔物に対して聖女の魔法は最も有効な手段。

聖女である私が〝魔性のナイフ〟の対策としては一番適任のはずです。

「そうだな。フィリアの言うとおりかもしれん。だが、警備には多くの人員を回しているし、あなたも狙われている可能性があるのだ。そのあたりがはっきりするまでは、フィリアは自分の身を守ることに専念してもらえないか？」

「……私がエヴァン陛下たちの側にいると〝魔性のナイフ〟の被害に巻き込んでしまうかもしれない、ということですね。侯爵が一連の事件の犯人ならば聖女である私だけを狙う可能性は低いですが……」

「うむ。だが、フィリアは俺の妻だ。王族をまとめて害そうと狙っている可能性は高い。それなら、こっちでまとまっていた方がエヴァン陛下たちに被害が及ぶ懸念は少なくなるだろう」

オスヴァルト様の懸念はもっともでした。

私を狙って〝魔性のナイフ〟を使われた際、その二次被害がエヴァン陛下たちに及ぶ。

私がアレクトロン王国の方々の警護をすれば、そういった状況にもなりかねない。

それでは本末転倒です……。オスヴァルト様は冷静に判断しておられました。

「不要な助言をして申し訳ありません」

「不要だなんてとんでもない。フィリアの言ったとおりにしたほうが効率よく守れたかもしれないんだから。謝らなくていい」

微笑みながら、こちらを見つめるオスヴァルト様。

ですが、総合的に考えると確かに狙いがはっきりするまでは大人しくしておいたほうがいいですね。

気を引き締めて、自分たちの身の回りのことを考えましょう。

「俺も本当に迷ったんだよ。一番大きな理由としては、エヴァン陛下が魔法の達人ということだ」

「パーティー会場では見事な炎の魔法を披露していましたね」

「ああ、それに人数は少ないが陛下の護衛もいる。皆、国王を慕っており士気も高い」

エヴァン陛下自身が魔法の達人という点は今回のような状況だと、心強いです。

陛下を慕い、守ろうと全力を尽くす方たちもいます。

「エヴァン陛下は自国の民たちから人気がありますものね」

「ああ、そのとおりだ。昨日久しぶりに会って実感したよ。アレクトロン王国の歴史の中でもあれほど高い支持を得ている国王はいないと聞いていたが……ついていきたくなる民の気持ちがよくわかる」

カリスマ性はアレクトロン王国の歴史の中でも随一。

国民からの支持も厚い人格者。

そのような人物が国を治めているという事実だけでも、アレクトロン王国の国民たちは幸運でしょう。

「国民たちからの厚い支持……」

「んっ？　フィリア、どうしたんだ？」

「い、いえ、なんでもありません」

ふと、私は昨日のハルヤさんの話を思い出してしまいました。

エヴァン陛下とラーデン大公の共通点に気付いたからです。

叛乱者という汚名はあれど、ラーデン大公もまた高いカリスマ性を有しており、国民たちから慕われていたと聞いています。

不運なのは、大公が第二王子だったという点。

第一王子である先代国王が即位したときでさえ、不満はあったとのこと。

そして大公から見て甥である現国王、エーゲルシュタイン陛下が即位したとき……彼を慕う者たちの不満が爆発した。

ラーデン大公自身にも叛乱の意志はあったと思うのですが、その高い人気ゆえに引っ込みがつかないところまで追い詰められていたのかもしれません。

「オスヴァルト様、ラーデン大公が亡くなったとき、それを悲しむ声も多かったのですか？」

「……そうだな。俺もまだ子供だったからよく覚えていないが、貴族だけでなく平民からも人気があったらしいからな。叛乱が鎮圧されてからも、大公を信奉していた者たちとの小競り合いはあったらしいぞ」

「そうですか。それだけ慕われていたんですね……」

自らが慕っている人間が死んでしまう。

そのショックは計り知れないでしょう……。

もしも、オスヴァルト様が叛乱者となったとして……殺されてしまったとしたら。

私はそれを恨まずにいられるでしょうか。

もちろん聖女が恨みを抱えて復讐を果たすなど間違っています。

ですが、大切な人を失ったとき……自分がどうなるのか正直に言うとわからないのです。

「だからこそエヴァン陛下が大公を討ったという話もあまり表には出さなかったんだ。アレクトロン王国との諍いの種になりかねないからな」

「それは正解ですね。恨むべき対象は明らかでない方が行動も起こしにくいはずです」

なにがパルナコルタにとって幸運だったか。

それはエーゲルシュタイン陛下の手でラーデン大公が害されなかったことです。

もしも大公がパルナコルタの兵士に捕まり、公開処刑などされていたら……陛下が恨みの対象となり、内乱が長期化していた可能性すらあります。

「……ですが、表沙汰にはなっていないとはいえ、エヴァン陛下がラーデン大公を討ったという話を知っている方はそれなりにいますよね？」

「もちろんだ。だが、陛下の直属の部下がほとんどのはず。いや、口止めはしていても秘密は漏れているだろうがな」

オスヴァルト様の話を聞きながら、私は考えます。

ラーデン大公を慕う者の中には彼を殺した者を恨む者もいたのではないのでしょうか。

そして今……彼を殺した張本人であるエヴァン王子は国王となり、この国に来ている。

エヴァン陛下と同じように支持されていたにもかかわらず、国王になれないまま亡くなったラーデン大公。

大公を慕う者の怒りの矛先がエヴァン陛下に――。

「まさかフィリアはラーデン大公の仇討ちを企てている者が今回の犯人だと言いたいのか？」

オスヴァルト様は話の流れから私が言いたいことを察してくれたようです。

まだまだわからないことは多いですが、大公を殺した張本人であるエヴァン陛下がこの国に来ています。

復讐を果たすにあたって、これ以上都合がよいタイミングはありません。

「エヴァン陛下が危険です」

「うーむ。もちろん陛下が狙われている可能性も想定していた。しかし、フィリア。今、それを言うということは」

「はい。馬を使ってエヴァン陛下のもとに連れて行ってください。被害を最小限に抑えるにはそうするしかありません」

誰を狙っているのか明確でないのなら、私が陛下の警護に回るのは愚策になるかもしれません。

しかし、私は確信してしまいました。

今回、〝魔性のナイフ〟を使って襲撃事件を起こしている者の狙いはエヴァン陛下だと。

もちろん、もっと早くここまで考えが至れば良かったのですが、悔やんでも仕方がありません。

今、私が聖女としてすべきことは陛下を守るためにその場に駆けつけることです。

「……確かにフィリアが行けば被害は抑えられるだろう。わかった、それならばレオナルドかヒマリの馬を借りよう」

オスヴァルト様が馬車の窓をあけて、外の様子を見ようとしました。

すると、そのとき――。

「オスヴァルト殿下、緊急時なので手短に報告しますね」

侯爵家の調査をしていたハルヤさんが、馬を走らせながらこちらに話しかけてきました。

「ハルヤ!? どうした!?」

「アレクトロン王族の乗る馬車が魔物に襲撃されている模様です」

ハルヤさんの報告で出遅れたことを知ります。

やはり、狙いはエヴァン陛下だったみたいです。

「わかった。フィリアはヒマリの馬に乗れ。俺はハルヤとともに向かう！」

「オスヴァルト様も行かれるのですか？ 危険ですよ？」

「今回の巡礼……安全を守る責任は俺にある。ここで大人しく待ってなどいられない！ もとよりそのつもりで槍（やり）も用意しているしな！」

いざというときのため、オスヴァルト様は槍を持って馬車に乗り込んでいました。

フィリップさんから教えを受けているので腕前は確かですが、それでも魔物がいる場所にオスヴァルト様が同行するのは危険です。

「急ぐぞ、フィリア！」

ですが、ここで止めても聞き入れてはくれないでしょう。

私もそういう人間なのでわかります。

「……わかりました。ヒマリさん、お願いします」

「御意！」

私はヒマリさんが手綱を握っている馬に移り、魔物たちがエヴァン陛下たちを襲っているという現場へと向かいます。

「レオナルドさ～ん！　私に行かせてください～！　エルムハルト様が危ないかもしれませ～ん！」

「やれやれ、仕方ありませんな。オスヴァルト様、私はこちらの馬車で陛下たちに前方へと近付かぬよう忠告してきます」

「わかった。任せたぞ」

前方にはオスヴァルト様とハルヤさん、そして後方ではレオナルドさんと入れ替わる形でリーナさんが馬に乗り、アレクトロン王国の方たちのもとへ向かいました。

事態は急を要します。一刻も早く現場に到着しなくては。

◆

「こ、これはどういうことだ!?　これだけの数の魔物をどうやって用意した!?」

おびただしい数の魔物の群れを目の当たりにして、オスヴァルト様は驚愕(きょうがく)されます。

演習場では数体、パーティー会場には十数体……。

それよりも数が多くなるだろうと予測はしていました。

しかし、目の前にいる魔物の数は少なく見積もっても百をゆうに超えています。

「〝魔性のナイフ〟は実際に魔物を傷付けなくてはならないという発動条件がありますよねぇ。面倒な作業がある分、商売人としては使い勝手が悪いと読んでいたのですが」

ハルヤさんの言うとおり、魔物をナイフで傷付けるという条件は簡単ではありません。

これだけの数の魔物を相手取るとなると、膨大な時間や労力がかかるでしょう。

そう、本来ならば――。

「大破邪魔法陣のせいですね……」

「大破邪魔法陣？　そ、そうか！　今、魔物たちは無力化されている。魔法陣の効果で動けなくなった魔物を相手にするなら誰でもできるというわけか」

「はい。まさか大破邪魔法陣がこのようなことに利用されてしまうとは」

予想外の状況に戦慄してしまっています。

大勢の人を守るための大破邪魔法陣なのですが、それをこのような悪巧みに利用されてしまうとは屈辱的です。

「フィリアが気に病む必要はない！　大破邪魔法陣はこの国だけじゃなくて、大陸にあるすべての国を救ってくれたんだ！」

「オスヴァルト様……」

「俺たちが今考えなきゃならないのは、この事態にどう対処するかってことだろ？」

この窮地になにを余計なことを考えていたんでしょう。

魔物の数は膨大。

頼みの綱の大破邪魔法陣の効力は無効化されている。

一体ずつ、魔物を討伐していくこともできなくはないですが……時間がかかってしまいます。それならば――。

「〝魔性のナイフ〟を所持している者を見つけ出す。それが一番早いと思うのですが……」

「間違いないな。だが、この近くにいるのか？　ナイフの所持者は」

「それはほぼ間違いないかと。エヴァン陛下への復讐が目的ならば達成したかどうかは自ら確かめたいと考えるはずです。それにリックさんが言っていました……目に見える範囲なら魔物により複雑な命令をすることができると」

心理的に、復讐者である〝魔性のナイフ〟の所持者はエヴァン陛下を目視できる場所にいる。

私はそう推測しました。

それに魔物に複雑な命令ができるという状態にしておけば、復讐を達成できる確率は格段に上がります。

今回の襲撃にすべてをかけるなら、ほぼ確実にこの近くにいるはずです。

「なるほど。復讐者の心情を考慮した見事な推測ですねぇ。つまり、クランディ侯爵が近くにいらっしゃる。そう仰せになりたいわけですねぇ」

ハルヤさんは私の言葉を聞いてうなずきました。

「んっ？　ハルヤよ。クランディ侯爵が〝魔性のナイフ〟を持ち出した犯人なのか？」

「おっと、これは失礼を。それを報告するために急いでいたのですが、この事態に言いそびれておりました」

クランディ侯爵について探りを入れていたハルヤさん。

昨夜の時点でラーデン大公との繋がりが判明したので、あり得る話だと思っていましたが……。

「フィリア様、馬を走らせることはできますするか？」

「ヒマリさん？　人並みには問題なくこなせますが」

乗馬ならば、何度か経験しております。

それが今、なにか関係あるのでしょうか。

「軽いほうが馬も速く動けましょう。私は馬よりも疾（はや）く駆けることができますし……。クランディ侯爵を見つけ出す、つまり人探しは忍びの得意分野……ここは兄上と私にお任せあれ」

ヒマリさんは私に手綱を渡して、馬から飛び降りました。

なるほど、乗馬の経験を尋ねたのは、彼女が馬から降りて走って捜索するための確認でしたか。

こういうとき、忍者である彼女は特に頼りになります。

「ふぅ、私はもう忍者ではないのですがねぇ。オスヴァルト殿下、クランディ侯爵を拘束した暁には特別手当を請求いたしますが――」

「ああ、約束する。頼んだぞ」

「話が早くて助かります。では、ご期待に添えるように尽力しましょう」

オスヴァルト様の返事を聞いて、ハルヤさんは嬉しそうに微笑み馬から降りて音もなく駆け出しました。

「兄がこのようなときに申し訳ありませぬ」

ヒマリさんは呆れたような声を出して、ハルヤさんの背中を追いかけます。

二人ならクランディ侯爵を見つけ出してくれるはずです。

馬に乗り、エヴァン陛下のもとへとまっすぐに向かっているのは私とオスヴァルト様とリーナさん。

私たちがすべきことは一つ――。

「オスヴァルト様、私たちはクランディ侯爵を探しつつ、エヴァン陛下の身の安全を確保しましょう。もしも怪我をしていたら、治療しなくてはなりませんから」

「そうだな。魔物たちが陛下を狙っているならば、あいつらが集まっているところに行けばきっと陛下はいるはずだ」

「オスヴァルト殿下～、フィリア様～、無茶しちゃダメですからね～！　私が先頭を行きます～！」

リーナさんは護衛としての義務感から私たちの前に出ました。

ここで異論を述べる時間もありませんし、彼女に従いましょう。

私とオスヴァルト様はリーナさんに続いて、エヴァン陛下のもとへと馬を走らせて急ぎました。

「やはり魔物の数がどうしようもなく多いな！　いくら薙ぎ払っても湧いてでてくる！」

「オスヴァルト様、大丈夫ですか？」

「問題ない。どうやら、エヴァン陛下を狙うことを最優先にしているようだ。こちらを攻撃してくる様子はない」

確かにオスヴァルト様の言うとおり、魔物の行動は単調なように見えますね。

自分の意思で動く魔物と違って、〝魔性のナイフ〟の所有者の命令に従っているからでしょう。

演習場やパーティー会場では基本的に近くにいる者を襲うように命令していたのか、人を襲っていましたが、今回は様子が違います。

一方向にひたすら向かっているのです。

「退いてくださ〜い」

リーナさんが先陣を切って、どんどん進んでいきます。

『ガアアアア!!』

「――っ!?」

「フィリア様、オスヴァルト殿下〜！」

しかし、リーナさんが切り開いた道はすぐに魔物たちが押し寄せて塞がってしまい、私たちは分断されてしまいます。

「リーナ！　俺たちに構わずエヴァン陛下のもとに急げ！　命令だ！」

「は〜い！　オスヴァルト殿下たちもお気を付けて〜！」

リーナさんはオスヴァルト様の指示に従い、陛下のもとに向かいます。

早く彼女に追いつかなくては……。

「シルバージャッジメント！」

『グギャアアアア!!』

「オスヴァルト様、こちらの道が開きました」

魔物たちの層がなるべく薄いところを狙って、私は魔法を放ちます。

「フィリア！　ありがとう！　よし！　行くぞ！」

私とオスヴァルト様はともにエヴァン陛下のもとへと馬を再び走らせました。

少しだけリーナさんに遅れを取りましたが、なんとか追いつけるでしょう。


「影武者、だと!?」

「は、はい。魔物たちが陛下を目指して一直線に向かってくるのはすぐにわかりましたので……」

目の前にはエヴァン陛下と背格好が同じ男性が一人。

アレクトロン王国の方々は冷静に戦況を読んで行動していたようです。

まさか、即座に影武者と入れ替わるとは想像できませんでした。

これは遠目では見分けられませんね……。

「それで本物のエヴァン陛下は一体どこに？」

「え、ええ。エルムハルトという名の騎士が安全な場所があるからと連れ出しまして」

エルムハルトさんがエヴァン陛下を？

確かにここ、パルナコルタの南方は彼の分隊の管轄区域。

土地勘は誰よりもあるはずです。

「あ、安全な場所だと？　それはどこだ？」

「急いでいるからと、詳しくは聞けませんでした。しかし、先ほどオスヴァルト殿下の護衛の女性も心当たりがあるとおっしゃってましたが」

「護衛の女性……リーナか」

安全な場所に心当たりがある。

エルムハルトさんがどういう場所を想定して言ったのか、リーナさんにはわかったということでしょうか。

「おーい！　リーナ！　近くにいたら返事をしてくれ！」

オスヴァルト様の声に合わせて、私もあたりを見回します。

「……オスヴァルト様、リーナさんが見当たりません！」

「なんだと!?　あいつ、まさか一人でエルムハルトを――」

まさか、単身でエルムハルトさんを追いかけるなんて。

彼女が心当たりがあると述べた場所。

それは、当然エルムハルトさんに関連するところでしょう。

――この場所は新婚旅行のとき、シバルツ遺跡に向かう途中でオスヴァルト様と……。

待ってください。

確か先日リーナさんはエルムハルトさんとの思い出があると、あの場所の話をしていました。

「オスヴァルト様、行きましょう」

「なにかわかったのか？」

「理由はわかりませんが、リーナさんが向かった場所がわかりました」

そう。リーナさんは言っていました。

あの場所にはエルムハルトさんの大切なものがあると。

もしも、私の想像が正しいのならば大切なものとはアレの可能性が高い。

〝魔性のナイフ〟の所持者がクランディ侯爵で襲撃者なのだとエルムハルトさんが気付いているならば……彼がそこに陛下をお連れする理由も納得できます。

しかし、それでも私には一抹の不安が残りました――。

「オスヴァルト様、できるだけ急ぎましょう！」

「わかった！　まずい状況なんだな!?」

「詳しくは走りながら話します！」

私はリーナさんとエルムハルトさんたちが向かったであろう場所へと馬を走らせます。

とにかく、まずはエヴァン陛下の身の安全の確保です。

その場所が私の思っているとおりの場所ならば、侯爵も容易に手を出せないはずなのですが……。

「……オスヴァルト様、嫌な予感がします。確実に陛下を守るためにも、先を急いでもよろしいでしょうか？」

「それは、フィリア一人が……という意味か？」

「そのとおりです。魔法で馬の速度を上げます。振り落とされると危険なので、私の馬のみとなるのですが、許可してください。行き先はこの地図に記しておきましたから」

それは最悪の想定。

しかし、クランディ侯爵の目的と周到さを考えると、最悪が現実になる可能性が十分にあります。

「無理だけはするなよ。俺もあとから必ず駆けつけるから」

オスヴァルト様は私から地図を受け取ると、力強い視線を向けました。

「ありがとうございます」

「すまないな。またフィリアに助けてもらう」

「水臭いですよ。そのための聖女です」

パルナコルタの聖女として、その務めをまっとうするために馬を走らせました。

速度を上げて、風よりも速く。

どうか、皆さん。無事でいてください――。

そう祈りながら。

◇（エルムハルト視点へ）

『先に言っておくぞ、エルムハルト。貴様に残す財産はない。どんなガラクタだろうと貴様には相続させぬよう遺言を残しておくからな』

幼いときから僕は両親から忌み嫌われていた。

厄介者の三男。

人目を憚（はばか）らず、そう僕を呼んでいた父親。

物心ついたときから、屋敷に僕の居場所はなかった。


『騎士団に入りたいだと？　好きにするがいい。国のために名誉の戦死でもしたら、弔いくらいはしてやろう』

だから僕はパルナコルタ騎士団に入ることを決意した。

騎士として名を上げれば、父は僕を認めてくれるかもしれない。

仮に認められなくとも、騎士団長にでもなれば陛下より爵位を頂戴できる可能性はある。

体格にも恵まれているし、力だって周りの大人よりも強い。

騎士団で出世する自信が僕にはあったのだ。

『エルムハルト様は、貴族出身の割には力任せの剣術ですね。受けるこちらの身にもなっていただきたいものです』

『レオナルドみたいな繊細な剣術が合わなかっただけだよ。同期なんだ、堅苦しい言葉遣いはやめてくれ』

『おっと、これも意外だ。侯爵家の三男坊と聞いていたからな。丁寧に話さねばならないかと』

だが、出世などよりずっと大切なものがそこにはあった。

僕に、友ができたのである。

『貴族なら丁寧に話すって。俺には最初から普通に話していたじゃないか』

『リュオンは男爵家だからな。侯爵家出身のエルムハルトとは違うさ』

『ったく、その人を食ったような態度！　お前、そういうの良くないぞ』

レオナルドとリュオンは実力もあるし、気持ちの良い人間だった。

『ははは、そんなに怒らなくていいじゃないか。僕はレオナルドのそういうところが好きだぞ』

『ふーむ。私は男性から好意を寄せられてもさほど嬉しくないのだが』

『前言撤回だ。僕も君はその性格を直したほうが良いと思う』

家柄も境遇も違う僕らだったが、なぜか気が合った。

いつしか親友と呼べるような間柄となり、パルナコルタ三騎士と呼ばれるほどにまで僕らは手柄を立てた。

だが、そんな僕は衝撃の事実を知ることとなる。

『ラーデン大公の勢力に加担しろだって？　ふざけているのか？　僕らパルナコルタ騎士団は国王陛下に忠誠を誓っている。裏切りなどという恥知らずな行為はできない』

エーゲルシュタイン国王陛下の即位に反発しているラーデン大公と彼を慕う者たち。

その中の一人が仲間にならないかと勧誘をしてきたのである。

『くくく、知っているぞ。お前が名門である侯爵家の三男でありながら、騎士などをしている理由を。それは、決して王家への忠誠などではない』

『――っ!?』

『妾(めかけ)の子なんだってな。真面目な堅物で有名なクランディ侯爵も人の子だったというわけだ。お前は言わば侯爵家の汚点。……こっち側につけ。勝利に貢献すれば大公殿は伯爵の地位くらいくれてやると言っている』

侯爵家の汚点という言葉が僕の心に強く突き刺さった。

まともな人間ならば、裏切りという卑劣な行為を受け入れることなどしないだろう。

だが、僕は――迷ってしまった!!

『ははは、迷っているか。そうかそうか。仕方ない奴(やつ)だな。ここで大公殿につけば人生が変わるというのに、即答できないとは』

だが、すぐに正気に戻る。

騎士団を、仲間たちを売るなんてやはり僕にはできない。

『……やはり僕は裏切りなど――』

『大公殿は嘘はつかぬ！』

『嘘はつかない、だと？』

『そうだ。お前が大公殿につけば、必ずや恩賞を与える。あの方はそういうお人だ』

ラーデン大公はただ人気があるだけではなかった。

大公を神格化している者が少なからずいたのだ。

僕を勧誘した男もそうだった。

彼は本気でラーデン大公がこの国の覇権を握ると信じて疑っていない。

『素直に大公殿の下につけ。エーゲルシュタインの首を獲れば、お前は英雄になれるのだ』

『………………』

『見込み違いであったか。まぁいい。いずれお前に国王の首を獲るチャンスが巡ってくるだろう。そのとき、考えろ。惨めな人生を変える気があるのならば、な』

いつかくるチャンス。

意味深な言葉を残して大公からの使者は消えた。

僕はもちろん今回のことを騎士団長に報告した。

『なるほど。よく報告してくれた』

『僕を騎士団から追い出しますか？』

『阿呆。ただでさえ裏切り者のせいで戦力が落ちているのだ。陛下への忠誠を示したお前を追い出してなんの意味がある』
ジーン・デロン騎士団長は僕を信じてくれた。
やはりここが僕の居場所なのだ。
大丈夫。尊敬する友もできたし、上司もいる。
僕の居場所はここなのだ。
『侯爵家の汚点』
だが、心の弱い僕はこの言葉が忘れられなかった。

『父上、僕は……』

『まだ生きていたのか。お前には盾になるくらいしか価値がない。くれぐれも我が家の名をこれ以上穢(けが)してくれるなよ』

久しぶりに会った父の言葉は冷たかった。

僕になんの価値があるのだろう。

侯爵家の人間だから安泰だろうと同僚には言われている。

でもそれは外からしか見えない張りぼてのまやかしだ。

心の奥底で僕は醜いなにかが蠢(うごめ)くのを感じていた。

――裏切るのか？　友を、国を、何もかもを。

『リュオン！　危ない！』

小さな迷いが消えたのはあの瞬間だったのかもしれない。

『エルムハルト！』

あの日、僕は精彩を欠いていた。

だが、それを悟られたくない一心で襲いくる魔物たちを振り払い、蹴散らしていた。

仲間の目には僕が熱心に戦っているように見えたのかもしれない。

だけど、違うんだ。僕は、僕は……心の奥底の化け物を恐れてただひたすら逃げていただけ。

『エルムハルト！　なぜ！　俺を庇った！』

親友は、血を流して倒れた僕に涙を見せた。

そんな顔をしないでくれ。

違うんだ。

僕に迷いがなかったら、僕がもっと強かったら……こんなところで倒れるなどあり得なかった。

僕は、なんて弱いんだ……。


『色々と考えたんだが、エルムハルト。俺の娘と結婚しないか？』

『はは、聞いたことのないプロポーズだな。悪いが笑うと腹が痛むんだよ。冗談はもうちょっと治ってからにしてくれ』

『俺は真剣に話している』

リュオンのところにリーナという娘が生まれた話は聞いていた。

だが、その娘と俺を結婚させるなど、どうしたらそんな戯言(たわごと)を真剣に受け取れると思う？

『その怪我では騎士として復帰できるかどうかわからん。間違いなく出世の道は断たれただろう。騎士団長にはなれんよ』

『はっきり言ってくれるな。気にしているんだから』

『俺のせいだ。だから責任を取らせてくれ。リーナにはそのうち言い聞かせる』

『君はバカなのか？　僕が君の娘さんの一生を縛っていいはずがないだろ？』

どうやら本気そうなのはわかった。

責任を取らせろなどという言葉を、冗談半分で使うような男ではないからだ。

だからといって、僕がこの非常識な提案を受け入れるはずがなかった。

『エルムハルト、俺を庇ったせいでお前に不幸になってほしくないんだよ』

『見縊(みくび)らないでくれ。それに君の娘の幸せはどうでもいいというのか？』

『娘はお前が幸せにしてくれるさ。俺にはわかる』

呆れて物が言えない。

しかし、リュオンはしつこかった。僕が根負けする程度には……。

リーナと婚約しないなら死んでやると言ったときは焦ったな。

まったく、アウルプス男爵家は大丈夫なのかと心配したほどだ。

結局、僕は半ば押し切られる形でリュオンの娘のリーナと婚約した。

まだ彼女が一歳になったばかりだというのに、だ。

『騎士団に復帰するそうだな。死に損ないが』

『僕にはこの道しかありませんから。父上……』

パルナコルタ史上最大の叛乱〝大公の乱〟から一年が過ぎた。

奇跡的に怪我による後遺症も残らなかったため、休養を終えた後、騎士団に戻ることを決意する。

あの場所が僕の居場所だと信じているから。

『親不孝者め』

『そうならないように精進します』

『もう手遅れだ。……愚か者が』

『ど、どういう意味です？』

親不孝者と吐き捨てる父の顔には憎悪が滲み出ていた。

そして、僕はその言葉の本当の意味を知り絶望する。

『ラーデン大公が僕の本当の父親!?　そ、そんな……』

それは僕のまったく想像が及ばない話であった。

大公が不貞を隠すために、父に自分を育てろと要求したという荒唐無稽な話。

それでも僕はなんとなく納得してしまった。

父がなぜ、僕をここまで蔑んでいたのか。

その理由がはっきりしたからだ。

『お前が陛下を、騎士団を裏切るように勧誘を受けていたことは知っているぞ』

『なっ!?』

『安心しろ。それは我が家にとって不名誉な事実だ。誰にも言わん。……だが、お前は裏切っておくべきだったな。結果的に父親殺しに加担したのだから』

『――っ!?』

背負わされたものはあまりにも重すぎた。

知らぬ話、いや……仮に知っていたとしても僕は同じ行動を取っただろう。

だが、それでも本当の父親が知らない間に死んでいて、それに自身がかかわっていたという事実は重くのしかかった。

僕は騎士団に戻り仕事に没頭したが、それを忘れることはどうしてもできなかった。


『リーナはエルムハルト様と将来、結婚するんですよね～』

それから更に数年が過ぎる。

リュオンには事あるごとに家に誘われ、もてなされるようになっていた。

もちろん、彼の娘であるリーナとも接することになる。

無邪気に僕に懐いてくれる彼女の存在は救いでもあったし、その笑顔は眩(まぶ)しかった。

リーナと過ごす僅かな時間、僕は心の中にあるしがらみから解放されるような気がしていた。しかし――。

『あの～、エルムハルト様は～。どうしてお父様を見るとき寂しそうな顔をされるのですか～？』

その言葉を聞いたとき、僕は途端に恐ろしくなってしまう。

この純真無垢な少女に、僕の心の中で黒く蠢くなにかを見透かされたような気がして。

そう。リーナにそれを指摘されたのは、ちょうどこの場所だったな……。

僕はエヴァン陛下を乗せた馬を止めた。

◆

「エルムハルトとやら、ここがあなたの言っていた安全な場所なのか？」

「エヴァン陛下！　不躾な言動、失礼いたしました。そして……避難を受け入れてくださりありがとうございます！」

魔物たちがエヴァン陛下を狙っているのはなんとなくわかっていた。

信じたくないが、犯人は父であるクランディ侯爵なのだろう。

だから僕はこの場所に陛下をお連れした。

影武者がいると聞いていたのでその存在を利用して。

「不躾などとは感じておらんさ。オスヴァルト殿があなたを信頼のできる騎士だと言っていたからな。余はオスヴァルト殿を信用している。ならばあなたも信用できると考えたまでよ」

とはいえ、本当に信じて行動できるものかと僕は思う。

ここはアレクトロン王国ではない。

いくらオスヴァルト殿下のお人柄が優れているからといって、手放しに信用するなど普通はできないだろう。

「して、なぜこの場所は安全なのかな？　理由ぐらい教えてくれないか？」

そう。それも知らずにこの方はついてこられたのだ。

説明は後でするという僕の言葉を聞いただけで、馬に乗ってくださったのである。

「ここは、襲撃者にとって大切なものが眠る……傷つけられない聖地のような場所だからです」

「ほう。大事な場所とな。……その大切なもの、とやらはラーデン大公か？」

「——っ!?　どうして……」

正直に言って驚いた。

手がかりなど無いに等しかったはずだ。

「大した話ではないさ。余がこの国の者から恨みを買うとしたら、それしかあるまい？　ラーデン大公は大層多くの者から慕われていたそうじゃないか」

「ですが、それだけでこの場所が——」

「そうか？　一国の王を討とうとする気概がある者が攻撃を躊躇する場所。ならばその場所に眠るのは大公その人以外いないと思うが」

エヴァン陛下はすべてを見抜いておられた。

そう……この場所は〝大公の乱〟の後に、逃亡に失敗して討たれたラーデン大公の遺体が埋葬された場所である。

『本当の父親の遺体がどこに眠っているのかくらいは教えてやる』

父、クランディ侯爵は大衆には伏せられていたその情報を僕に教えてくれた。

どうやら父はラーデン大公の信奉者だったようだ。

なにかが起きたときのために、誰にも疑われずに助けられるように、父はあえて距離を置き……その関係性を隠していたらしい。

だからクランディ侯爵はこの場で暴れられない。

敬愛するラーデン大公の眠る場所を荒らすなどできるはずがないのである。

「すべて陛下の仰るとおりです。お見事な推理でございました」

「たまたま勘が当たっただけだ。推理というほど大仰なものではない」

決して煽てには乗らず、謙遜してみせるエヴァン陛下。

アレクトロン王国の国民たちが敬愛するわけだ。

この方は王になる器を持って生まれ、そして望まれて王になったのだ。

「そして、これも余の勘で……聞き流してくれれば良いのだが。ラーデン大公はエルムハルト殿の父親か？」

「――っ!?」

なぜ、そんなことまで？

勘が良いという次元の話ではない。

僕ですら侯爵から聞くまで知らなかったというのに。

「その反応、どうやらまた勘が当たったらしいな」

「どうしてわかったのですか？」

「ラーデン大公は余がこの手で殺した男だ。死に際まで見ている。顔は似ても似つかぬが、そうさな。あえて言うならば魂の色が似ていた」

魂の色などという抽象的なことを言われたら、もうお手上げだ。

誰にも知られたくなかった僕の秘密。

ラーデン大公が本当の父親だと知ったとき、僕は自分の人生を今まで以上に強く呪った。

そして、なによりその苦しみを当人に伝えられないことが悔しくてならなかった。

「そうか。エルムハルト殿は本当にあの大公の子息なのか……」

「ええ、そのとおりです。ラーデン大公が私の本当の父親……とはいえそれを知ったのは大公が亡くなったあとですが」

「なるほどな……」

遠い目をしてエヴァン陛下はどこか納得したようにつぶやいた。

それは自らの手で葬った、大公についての記憶を呼び戻そうとしているようにも見える。

「エヴァン陛下が大公を討ったという話は存じております」

「うむ。事実だ。パルナコルタ側が一部の者を除いて、それを伏せてくれていることには感謝している」

「……それだけ、ですか？」

僕はエヴァン陛下が落ち着いていることが疑問でしかなかった。

「それだけ、というと？」

「いえ、その。私にとってエヴァン陛下は父親の仇と言っても過言ではありません。先程は信用していると仰っていましたが、私が父に代わって復讐を企てているかもしれないとお考えにはならないのでしょうか？」

エヴァン陛下は僕の父親についてわざわざ確認をした。

自らが殺した男なのかと。

それは僕を警戒するためではなかったのか。

「言われてみれば、その可能性もあったか。はは、余を討つつもりならここに来るまでの間にいくつも機会はあっただろう」

「父の眠る場所で意趣返しをしたいと考えているかもしれませんよ？」

「それは怖い。しかしエルムハルト殿。あなたは筋違いな復讐に心を支配されるほど弱い人間には見えん。これでも余は人を見る目には自信があるのだ」

僕が陛下を恨むのは筋違い。そんなことはわかっていた。

「はは、恥ずかしくなるくらいすべてお見通しですね。仰るとおり私は陛下を一切恨んでおりません」

「それなら安心だな」

「しかしながら、陛下。一つだけ教えてくださいませんか？」

「なんだ？　答えられることならば、いいぞ」

それは陛下以外の誰にも聞けない話。

他国の国王陛下にこのような質問をするなど、不敬にもほどがあると思う。

騎士として恥ずべき行動かもしれない。

だが、聞かずに終われば……僕はきっと一生後悔する。

「大公の死に際について教えてくださいませんか？　ラーデン大公は……僕の父は！　どのように死んだのか、お聞かせください」

それは息子として知っておかねばならないという義務感から出た言葉であった。

今の自分にけじめをつけるため。

叛乱者の息子という十字架を背負い続ける覚悟を決めるために――。

「ラーデン大公の死に際、か。よく覚えている。……笑いながら逝ったんだ」

「えっ？」

「大公についてはほとんど知らないが、満足げな顔をして死んだのを覚えている。不思議な人だ……まるで、そうなることが最初からわかっていたようだった」

大公は笑って死んだのか。

叛乱者として、国を追われ……悲惨な最期だったと思っていたが。

エヴァン陛下が嘘をつく理由はない。

自分の父親は思っている以上にとんでもない人だったのかもしれない。

「一つだけ……ラーデン大公の最期に立ち会えて良かったことといえば、自分も笑って死ねるような人生を歩みたいと思ったことだ。もちろん大罪を犯した男ではあったが、余はそれでもその死の瞬間に身震いし敬意のような感情を抱いた」

「陛下の御身が狙われたのに、ですか？」

「……はは、確かにそうだな。だが、それでも見事な男だったと思う。エルムハルト殿の父上は、な」

どこまでも敵わないと僕は思った。

その器量。その優しさ。そして力強さ……。

父は……こんなにも素晴らしい人物に討たれたのだ。

「陛下が国王として絶大な支持を得ている理由がわかりました。……ご無礼をお許しください」

僕はエヴァン陛下の前に跪き、謝罪をした。

一介の騎士にすぎない僕に対して、いや自らを狙った男の息子に対して、こんなにも真摯に質問に答えてくださるとは。

陛下の度量の大きさに自然と頭が下がってしまう。

「気にするな。理由はどうあれ、余があなたの父の命を奪ったのは事実。それくらい答える義理はあるさ」

「エヴァン陛下……」

「それより、エルムハルト殿は今回の襲撃者に関しても心当たりがあるのではないか？」

もちろんある。

今となっては、ラーデン大公が実の父親というよりも残酷な事実だ。

「エヴァン陛下、この件に関しての罰は必ずや受けます。今回の襲撃の首謀者は——ぐあっ……!!」

「エルムハルト殿!!」

こ、これは……魔物の腕？

魔物の腕が僕の腹を貫いている、だと!?

な、なぜここに魔物が……いや、それよりも陛下をお守りしなくては。

「へ、陛……」

いかん。声が出ない……か、体も動かない。

独断でここまでお連れしたにもかかわらず、陛下を危険にさらしてしまうとは。

どこまで僕は無能なのだ。これじゃあ本当に——。

「エルムハルト様はやらせません！」

『ギギャー!!』

そのとき、リーナがナイフで魔物の首を切り落とした。

さすがはリュオンの娘。大した腕前だ。

しかし、あんなに眉間にしわを寄せて……怒っているのか？

いつも穏やかな表情をしているのに……。

「エルムハルト様！　エルムハルト様～!!」

「り、リーナ……がふっ」

駆け寄ってきたリーナは血で汚れることもいとわず、僕に寄り添う。

なんで泣いているんだ？

僕は、僕は、ずっと君に冷たく接していたというのに……。

「え、エルムハルト様!!　エヴァン陛下！　治癒魔法を使うことはできますか？」

「いや、済まない。余は聖女のように魔法で治療まではできないのだ」

「そ、そんな！」

いくらエヴァン陛下に魔法の才能があれど、それは無理というものだ。

治癒魔法は聖女や司教などの聖職者が扱う魔法。

教会で訓練を受けなくては修得はできない。

「とにかくあまり動かすな。応急処置をすれば助かる可能性はある」

「は、はい！」

助かる可能性はある、か。

それはないな。自分の体だ。これが致命傷だということは自分が一番よくわかっている。

せめてエヴァン陛下とリーナを救える方法があれば良いのだが。

なんせ、ここに魔物が現れたということは――。

「死に損ないめ……まだ生きておったか。不肖の息子よ」

「ち、父上……っ……」

ここにきて姿を見せるとは……。

クランディ侯爵は〝魔性のナイフ〟を手にしてこちらを見据える。

「クランディ侯爵～！　なんでエルムハルト様をこんな目に遭わせるのですか～!?　ひどすぎます!!」

「黙れ！　もはや、この男に興味はない！　私の狙いはただ一つ……友の仇討ち！　アレクトロン国王エヴァンの命のみだ！」

ラーデン大公の仇討ち。

やはり、それが目的だったのか。

それはわかっていたのに。それだから僕はこの場所を選んで、陛下をお連れしたのに……。

「た、大公の眠る……この地を、荒らすつもりか……？」

「腹を貫かれているわりによく喋るな。ラーデン大公のご遺体はすでに移動させてある。……貴様が浅知恵を働かせて、ここにエヴァンを連れてくることを読んでいたからなぁ」

「――っ!?」

僕はどこまで詰めが甘いんだ！

僕に真実を教えたのはこの男だというのに……それなのに油断してのうのうとこの場所に陛下をお連れするなんて。

「なるほど。余を殺すために随分と手の込んだことをしたようだ。……満を持して姿を見せたということは、すでに勝ちを確信しているというわけだな？」

「さすがは名君と呼ばれているだけはありますな。あなたの仰るとおり、すでにこの場は私が支配しております。お覚悟ください！」

彼が高々と〝魔性のナイフ〟をかかげると、木々の陰から次々と魔物が飛び出してきた。

その数はゆうに二十を超える。

まだ、これほどの戦力を隠していたとは。

予め、〝魔性のナイフ〟で操った魔物を木陰に待機させていたのか……。

「やっとこの日がきましたな。友の仇を討てる日をどれほど待ち望んだか。……エヴァン陛下、これだけ囲まれてはさすがのあなたも無事では済まない。どうだ、命乞いでもしてみるか？」

「命乞い、か。そうだな、命を助けてくれ」

「ふふ、名君だのと言われていても所詮は人の子。命は惜しいようだ」

復讐者となった父、クランディ侯爵は大声で笑い出した。

あのような顔は見たことがない。

今まで抑えていた感情が爆発したかのように……静かな森にその声が響き渡る。

しかし、その表情はまったく嬉しそうに見えなかった。

「くっ、この程度の器の男に大公はやられたというのか……。この世は理不尽ですな」

「勝手に見損なわれてもな。……で、命は助けてもらえるのか？　エルムハルト殿とリーナ殿とやらの」

「はぁ？」

エヴァン陛下の言葉に彼は首を傾げる。

なにを言っているのか理解できなかったのだろう。

無理もない。すぐ側にいる僕ですら意味がわからなかったのだから。

「エヴァン陛下！　いけません！　私やエルムハルト様を庇って犠牲になるなどやめてください！」

リーナはすべてを察して大声で叫ぶ。

そう、僕らは陛下に守られようとしていたのだ。

「クランディ侯爵、あなたの目的はラーデン大公の仇討ち。ならば、余一人の命を取れば目的は達せられる。関係のない二人の命を奪う必要はないではないか」

「……き、きれいごとを!!」

彼は目を血走らせながら、陛下に向かって叫び声を上げる。

「それならば、お望みどおりあなたを討ちましょう！　これで私の復讐が成就するのですから！」

そして、醜く顔を歪めると〝魔性のナイフ〟の切っ先をこちらに向けた。

ここで体を動かさなくてどうする！

この身を盾にしてでも陛下を、リーナを、守るのだ！

「やれ!!」

『ガオオオン！』

号令とともに巨大な狼のような魔物が一体こちらに飛びかかってきた。

「お二人は私が守ります！　え、エルムハルト様!?」

「この僕をなめるな！　父上！」

『ガフッ……』

「――っ!?」

血は未だに僕の腹から流れ続けている。

腕は氷のように冷たくて感覚がほとんどない。

だが、心は燃えている。

たとえ数瞬のちに燃え尽きたとしても、僕は僕らしく最期まで剣を振り抜く。

「き、貴様、どこにそんな力が……」

心臓をひとつきにされて絶命した魔物の亡骸を見つめて、父は初めて狼狽した様子を見せた。

今まで一度も反抗しなかった息子が刃を向けたからだろうか。

「ええい！　最後の最後まで鬱陶しいやつめ！　ゆっくりと嬲り殺しにしてやろうと思っていたが！　もういい！　一斉にかかれ!!」

『ガアアアアッ』

二十体以上の魔物が一斉にこちらに押し寄せてくる。

だとしても、関係ない。

どんなに絶望的な状況でも僕はこの命を――。

「な、なにっ!?」

だが、魔物たちは一体もこちらに到達しなかった。

大きな光の壁が、魔物たちの行く手を阻んだからだ。

「遅くなってしまってすみません」

歴代最高の聖女……パルナコルタ王国を、この大陸の危機を数々の奇跡で救ってくれたフィリア・パルナコルタ第二王子妃殿下。

金でも銀でもない神秘的な光を纏(まと)っている彼女は……まさしく救いの女神であった。

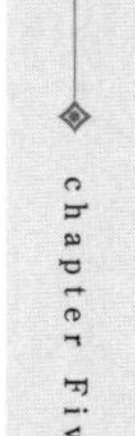

「クランディ侯爵……パルナコルタ王国の聖女としてあなたの行いを見過ごすわけにはいきません」

思ったよりもたどり着くのに時間がかかってしまいました。

それでも魔法のおかげで、オスヴァルト様よりはかなり早くたどり着きましたが……。

エルムハルトさんはお腹から血を流しているように見えます。

早く治療をしなくては間に合わないかもしれません。

「くっ……よそ者だったくせに!!　隣国から買われた聖女の分際で!!　偉そうにするな!!」

「経緯はどうあれ、私はこの国の聖女です。あなたこそ、このような暴挙に出るとは何事ですか？　由緒正しき侯爵家の名前に泥を塗る行為ではありませんか」

とにかく〝魔性のナイフ〟をなんとかしなくてはなりません。

治療に専念すれば他の魔法が使えなくなります。

それは魔物に対して無防備になるということ。

その場合、エヴァン陛下やリーナさんが危険にさらされてしまいます……。

「黙れ！　黙れ！　黙れ！　この私は侯爵である前に大公の友である！　聖女フィリアが邪魔をすることは計算済み！　切り札はまだあるのだ！」

クランディ侯爵が〝魔性のナイフ〟を空にかかげると、魔物たちが再びこちらに襲いかかります。

切り札と言っていましたが、このくらいの数の魔物なら光の壁で十分防げます。

飛びかかってくる魔物たちを巨大な盾のように広げた光の壁で次々と防ぎます。

堅固な光の壁を維持するためには両手を壁に向かってかざし続けなくてはなりませんが、こちらは援軍を待てば良いだけなので問題ないでしょう。

時間が経つと不利なのは侯爵もわかっているはず。それなのに、何故――。

「知らなかったのか？　〝魔性のナイフ〟で操れる魔物は見える範囲なら、より複雑な命令を実行できる、と」

「っ!?　上から!?」

なんと光の壁を越えようと、木の上から蜘蛛のような見た目の魔物が飛び出してきました。

私は咄嗟に光の壁をさらに大きく広げようと魔力を込めましたが――間に合わず魔物は壁の内側に入ってきます。

そして猛スピードで糸を吐き出して、エルムハルトさんを拘束したかと思うと喉元に鋭い爪を突きつけました。

「まんまと捕まりよった。エヴァンを狙っても良かったが、魔法で焼き払われたらせっかくの罠が台無しだからな」

ここで人質作戦とは本当に用心深い。

不測の事態にも対応してくる適応力はかなり厄介です。

他に誰かが居てくれれば、直接クランディ侯爵からナイフを奪うことも可能なはず。

ですが、オスヴァルト様たちが追いつくまでまだ時間がかかるでしょう。

「聖女フィリアよ。あなたはこの男を見殺しにできますか？　見殺しにすれば、活路もあるでしょう。さぁどうします？」

そんなこと決まっています。

聖女とは国を守る存在。

国のためにその力を使うことが務めです。

――だとしても、それ以前に……人道を守ります。

「自分のご子息を人質に取るとは、あなたに情はないのですか？」

「情だと？　そんなものあるか！　私の周囲を探っていたなら知っているはずだ。こいつは私の実の息子ではない」

「血の繋がりがすべてではないでしょう？」

「時間稼ぎはやめてもらおうか！　救援を待っているのだろうが、聖女フィリアよ！　その鬱陶しい壁を排除しろ！」

光の壁を排除すれば、皆さんに危険が及ぶのは明白。

しかし、このまま放置すればエルムハルトさんが……。

「さぁ！　早く光の壁を解かぬとエルムハルトを――！」

「リーナ！　わ、私の喉を刺せ！　あ、足手まといが消えれば……フィリア様の憂いは消える！」

「え、エルムハルト様!?」

「頼む……君にしか頼めない、んだ……」

な、なんということを口にするのでしょう。

「ぼ、僕はこのまま誰かに迷惑をかけたまま、死にたくないんだよ…………リーナ……君だけにしか、頼めない……」

息を荒くしながらエルムハルトさんはリーナさんに語りかけます。

「訳のわからんことを抜かすな！　フィリア！　三秒だ！　三秒以内に光の壁を解除しないと――」

「え、エルムハルト様！　ごめんなさい！」

「「――っ!?」」

そのとき、リーナさんのナイフがエルムハルトさんの首を切り裂きました。

エルムハルトさんの首からは鮮血が飛び散ります。

「はぁ!?　き、貴様！　な、なにを!?」

「こんな魔物のせいで！　エルムハルト様は!!」

『ギシャー!!』

そして、さらに蜘蛛のような魔物の口の中にナイフを入れ……一突きすると、魔物も断末魔の声を上げました。

どうやらクランディ侯爵もリーナさんのあまりの行動に驚いて、魔物を操れなかったようです。

「え、エルムハルトを殺りおったのか！　男爵家の小娘が！　血迷ったか!?」

「血迷ったのはあなたじゃないですか！　エルムハルト様の気持ちを最後まで傷付けて！　最低です！」

　真っ赤に染まった右手とナイフ。

　こんなにも怒りをあらわにしているリーナさんを今まで見たことがありません。

「……クランディ侯爵、あなたの負けです。エルムハルトさんの覚悟があなたの復讐心を上回ったようですね」

「うぐっ……」

「もうじきオスヴァルト様たちが駆けつけます。あなたに勝ち目はありません」

　エルムハルトさんの覚悟には驚きました。

　そして、それと同時に悲しくもありました。

　私も親に褒めてもらいたくて、一所懸命になっていましたから。

「まだだ！　まだわからん！　私には〝魔性のナイフ〟がある！　魔物たちよ！　私を守れ！　私をできるだけ早くあの連中から遠ざけるんだ！」

　侯爵はこの期に及んで、まだ諦めていない様子。

　魔物たちがクランディ侯爵を守るかのように密集し、逃亡の手助けをしようとします。

「フィリア様。光の壁を解いてください。侯爵を追いかけます。逃がすわけにはいきません」

「わ、わかりました」

「ありがとうございます」

逃走しようとしているクランディ侯爵に向かって駆け出すリーナさん。

私はエルムハルトさんの治療にあたるべきですね。

「――逃がしませんよ！」

「くっ！　邪魔をするな！」

しかし、クランディ侯爵はリーナさんの接近に気付き、〝魔性のナイフ〟をかかげて魔物をけしかけます。

「こんな魔物！　やっつけてやります！」

彼女はナイフを投げつけて、それを迎撃しようとしますが、〝魔性のナイフ〟で傷付けられた魔物たちは多少の損傷では怯まないようです。

「死ね！　死ぬがいい！　エルムハルトを殺した報いだ！」

「ううっ……」

魔物たちの爪や牙がリーナさんを捉えようとした瞬間――。

「ふぅ、ようやく追いついたか」

「――っ!?」

大きな槍で貫かれた魔物たちの胴体。あの槍は……。

「オスヴァルト殿下！」

「……よかった。みんな無事みたいだな」

オスヴァルト様はあたりを見回して、安心したように微笑みました。

「オスヴァルト殿下！　邪魔立てするな！」

「ここから先は行かせないぞ。クランディ……お前を拘束する。観念するんだな」

「ぬぅっ……!?」

クランディ侯爵の進行方向にオスヴァルト様が現れます。

大きな槍を突きつけて、侯爵の進行方向を見事に封じました。

――よかった。なんとか時間は稼げたみたいです。

「邪魔をするなぁ！　かかれ！　魔物たちよ！」

侯爵はそれでも〝魔性のナイフ〟をかかげて、オスヴァルト様に魔物をけしかけます。

「あまり俺を侮るんじゃない！　この程度の数の魔物！　振り払うくらいわけない！」

「――っ!?」

オスヴァルト様はその大槍を一振りして、魔物たちを薙ぎ払います。

ジルトニアや狭間の世界で披露された槍捌きは、一層研ぎ澄まされたように見えました。

クランディ侯爵は明らかに焦りの表情を浮かべます。

背後にいる私たちを警戒するあまり、数体しか魔物を動かさなかったことが徒となったみたいです。

「フィリア！　まったく、先に行くにもほどがあるだろ。まぁ、見たところ一刻を争う状況だったみたいだが」

「オスヴァルト様。すみません」

先に行くという了承は取ったのですが、どの程度なのかの説明は割愛していましたね……。

それだけギリギリだったので、仕方ないのですが。

「どいつもこいつも！　私の邪魔ばかりしおって！」

「クランディ侯爵。お前が個人的にラーデン大公と親交があったとは知らなかった」

「知っていれば、我が家を潰していただろう!?」

「陛下はそうなさったかもな。……だが、俺はあなたの友誼を否定しない。復讐心に負けてしまったことについては残念だが」

オスヴァルト様は少し同情したような表情で、クランディ侯爵に語りかけます。

ラーデン大公を敬愛し、喪失感から復讐に取り憑かれてしまった侯爵。

その悲しみをオスヴァルト様は理解しているのでしょう。

「王族の貴様が知ったふうな口を利くな!!　貴様になにがわかる!?」

侯爵は怒りを爆発させて、叫ぶのと同時に〝魔性のナイフ〟をかかげようとしました。

――オスヴァルト様に気を取られて、背後への警戒を怠りましたね。

「セイント・バインド！」

「ぐっ!!　ま、〝魔性のナイフ〟がっ!!」

光の鎖を伸ばして、〝魔性のナイフ〟を回収します。

「魔物たちよ!!　やつらを倒せ!!　動け!!　くっ……!!」

「そこまでです。もう魔物たちは大破邪魔法陣の影響下にありますから、無力化されます」

〝魔性のナイフ〟が手から離れた途端、魔物たちは支配から解放され、その場にバタバタと倒れました。

それを見た侯爵は呆然(ぼうぜん)としながら、力なく膝をつきます。

「クランディ、ここまでだ。しばらく牢獄(ろうごく)で頭を冷やせ」

「……牢獄だと？　ふははは！　どうせ私は死罪なのだ！　ならば、潔く自害してみせるわ！」

「やめろ！　クランディ！」

クランディ侯爵は右手に魔力を込めました。

これまでは〝魔性のナイフ〟の効果をできるだけ長く持続させるために魔法を使わずに魔力を温存していたのでしょう。

しかし、ナイフを手放しその必要がなくなった。

「離れたほうが良いですぞ！　オスヴァルト殿下！　巻き添えを食らいたくはないでしょう!?」

「――っ!?」

自らを囲むように炎の魔法を放出したクランディ侯爵。

炎の壁の中に一人……まるで炎で身を焦がして亡くなったラーデン大公のよう。

それだけ彼にとって大公は大事な人だったのでしょう。

「エルムハルト様に謝らないで、自分勝手な理由で死ぬなんて許しません！」

「り、リーナさん！」

私が冷気の魔法を発動するよりも早く、リーナさんが炎の壁の中に飛び込みました。

「早く炎を消さないと！」

燃え盛る火炎の中に入ってしまったリーナさんの行動に動揺しつつ、私は急いで炎を消すために魔法を発動します。

「小娘！　なんのつもりだ！　私はもうこの世に未練はないのだ！　離せ！」

「絶対に！　絶対に！　死なせはしません！」

「うぐっ！　小癪な真似をしおって！　手を離さんか！」

炎が消えても、なおクランディ侯爵は暴れていました。

しかし、リーナさんに両腕を捻り上げられ魔法の発動もままならない状態にされます。

「こうなったら！　舌を噛んで！」

「いい加減にしてください!!」

「ぬぐっ……」

さらに侯爵にリーナさんは平手打ちをします。

「どこまで見苦しいんですか!?　あなたがエルムハルト様に謝ってくれないと！　エルムハルト様は……エルムハルト様は……！」

「くっ……知るかそんなこと！　あれがなにを思おうと知ったことではないわ！」

侯爵はリーナさんの言葉に怒りを示します。

エルムハルト様のためにリーナさんはクランディ侯爵の命を助けようとしたようですが、その想いは通じないようです。

　リーナさんとにらみ合う侯爵。

「……クランディ家の魔術師の底力はこんなものではない！　心中するつもりなら勝手にしろ！」

　数秒間、にらみ合ったあと……侯爵は再び魔力を、今度は両手に込めました。

「これで終わりだ！　なにもかも！　今度こそ大公のもとに――」

「行かせませんよ。リーナさんが作ってくださった時間を無駄にはしません」

　私はクランディ侯爵の背後に回り込み、両手を摑みました。

　そして、大気中からマナを吸収する古代魔術と同じ要領で、侯爵の魔力を吸収します。

「ば、馬鹿な……ま、魔力が……」

　クランディ侯爵は魔力を失い、力なく膝をつきました。

「オスヴァルト様、クランディ侯爵はもう無力です。拘束できます」

「フィリア、ご苦労だったな。あとは任せておけ」

　オスヴァルト様は私の言葉にうなずいて、侯爵に近付きます。

「……さすがは稀代の大聖女様というところか。甘く見積もりすぎていた」

　観念した様子でクランディ侯爵はオスヴァルト様を見上げました。

　どうやら、今度こそ諦めてくれたみたいですね。

「……クランディ、誤算はフィリアだけではないんじゃないか？　リーナも強かっただろ」

「……エルムハルトには過ぎた娘だ……。まったく気に食わない」

オスヴァルト様が縄で拘束されたクランディ侯爵に声をかけると、彼は俯いたまま返事をしました。

リーナさんは本当に強いです。

私よりも年下なのに、こんなにも頼もしい。

私も何度助けられたかわかりません。

「フィリア様！　エルムハルト様の治療をお願いします！　このままだと死んじゃいます！」

「はぁはぁ……うっ……」

リーナさんの言うとおりエルムハルトさんの怪我の具合はよくありません。

呼吸が荒くなり、血の気が引いて顔色が悪くなっています。

「もちろんです。すぐに治療します」

魔物による脅威は消えました。

クランディ侯爵についてはオスヴァルト様に任せておけば大丈夫ですし、エヴァン陛下の護衛もオスヴァルト様に続いてやってきたヒマリさんとハルヤさんに任せられます。

優先すべきは重傷を負っているエルムハルトさんを治すことです。

「セイント・ヒール!!」

私はエルムハルトさんの治療を開始します。

魔物の鋭い爪によって腹を貫かれている。

急所をギリギリのところで避けているおかげで、動けていたようですが……血を流しすぎているので早く応急処置しなくては。

そのあとは、リーナさんが傷付けた首の――。

「あれ？　リーナさん、エルムハルトさんの首は……」

「はい、お父様から習った技です。こうやって、素早くナイフで自分の手を切って、エルムハルト様の首から血が出たように見せました」

よく見てみると、リーナさんの手にはナイフの切り傷があります。

それは魔物の口の中に手を突っ込んだときに、牙によって傷付けられたと思っていました。

あの一瞬でカモフラージュまで……リーナさんの判断の速さには驚かされます。

「それならば腹部の治療に専念できますね」

私はエルムハルトさんの傷の状態を観察しながら治癒魔法を続けます。

急いで組織を繋ぎ合わせて、傷口を塞がなくてはなりません。

セイント・ヒールならそれと同時に体力の回復も行えます。

すでに血色が悪く、顔が青白くなっていますが必ず――。

「む、りです……。首は、ぶ、無事でも、こ、この、しゅ、っ血で、は……」

エルムハルトさんは弱々しく目を開きながら、必死に口を開きます。

長年の経験から――かつてリーナさんのお父様を庇（かば）ったときも大怪我を負ったと聞いていますが、今の状態はそれよりも悪いということなのでしょう。

「大丈夫です。治しますよ。リーナさんは私に無理難題は頼みません。安心してください。治癒魔法は得意ですから」

幼いときより修行を積んできたのは、聖女として一人でも多くの命を救うため。

ましてやエルムハルトさんは私の大切な友人の婚約者。

リーナさんを悲しませるわけにはいきません。

彼女に涙は似合わないのですから。

「フィリア様！」

「私で良ければいくらでも力を貸します。もうすぐ……あと少し、あと少しで傷が塞がりますから」

セイント・ヒールをかけ続けて一時間と少しが経ったころ、ようやくエルムハルトさんの血色が良くなってきました。

もう少しで何とかなるはずです。

私は改めて精神を集中させて、治療に向き合いました――。

◆

「ご苦労さま。あれだけ治癒魔法をかけ続けたのは久しぶりなんじゃないか？」

「そうですね。ジルトニアで力を使い果たして倒れていたミアの治療をしたとき以来だと思います」

「ああ、あのときも大変だったな」

あれから、エルムハルトさんの治療を終えた私は彼を騎士団の方に任せて、エヴァン陛下の巡礼に合流するために馬を走らせました。

「早く戻らないとな。これ以上、巡礼を中断させるわけにはいかん」

「はい」

魔物たちの襲撃により聖地巡礼は一時中断を余儀なくされています。

エヴァン陛下は先に自らの護衛たちがいる森の外に向かって、隊列を整えると仰っていました。

ヒマリさんとハルヤさんもエヴァン陛下の護衛として同行しています。

私たちが陛下のもとにたどり着けば、巡礼は再開できるはずです。

「予想していたとはいえ、あのような事態に陥ってもエヴァン陛下は冷静だった。俺も見習いたいところだ」

「自らも魔法が使え、身を守る術があるとはいえ……大量の魔物を前にしても落ち着かれていたのには驚きました」

クランディ侯爵が拘束されたあと、すぐにオスヴァルト様にその後の動きを相談し、自らアレクトロン側の人間をまとめてくると提案したエヴァン陛下。

巡礼をしなくてはならないという義務感もあるのかもしれませんが、あの行動にはパルナコルタ内の混乱を少しでも落ち着かせるという意図があったように見えました。

「謝罪をしてから、礼もせねばな。エヴァン陛下の配慮には助けられた」

森の出口が視界に入ったとき、オスヴァルト様はそうつぶやきました。


「どうやらエルムハルト殿は無事だったようだな。なによりだ」

見たところ隊列はきれいに整えられており、出発の準備はすでにできているみたいです。

森から少し離れたところでアレクトロン王国の護衛の方々と待っておられたエヴァン陛下がオスヴァルト様に声をかけます。

「エヴァン陛下、お待たせして申し訳ありません。そして、我が国の侯爵が申し訳ありません。このような事態を招いてしまうとは……責任は私にございます。弁明のしようもございま――」

「よせ。頭を下げるな」

神妙な顔つきで頭を下げるオスヴァルト様を陛下が制します。

「元々、この巡礼はパルナコルタ側に無理を言って行っておるのだ。いかなる不利益が発生しようとパルナコルタ王国に責任は問わない。そんな取り決めを、初めて巡礼する際にしたのはもちろん知っておるだろう？」

「しかし、陛下が襲われたとなると……」

「ふむ。仮に余が害されようとアレクトロン王国側が責任追及を求めるのは間違っていると思う。もちろん、国民の中には納得しない者もいるだろうが」

「エヴァン陛下……」

陛下はオスヴァルト様の言葉にうなずくと、ゆっくりと口を開きました。

「だが、余は生きておる。生きていれば、文句の声くらい黙らせてみせるぞ。なんせ、余がアレクトロン王国の国王だからな！　ははは！」

自身の危機すら豪快に笑い飛ばしてみせたエヴァン陛下。

その器は私やオスヴァルト様の想像よりもずっと大きいようです。

「あの勇敢な騎士も死なずに済んだのだろう？　生きてさえいれば、人間は助けを受けられる。誰かを助けられる。この世界に明るい希望が増えるはずだ。違うか？」

「……はい！　エヴァン陛下の仰るとおりです！」

オスヴァルト様は陛下の言葉にうなずいて、笑顔を見せました。

エヴァン陛下もまた、太陽のようなお人柄の方でした。

やはりこちらのお二人は似ている。

「さぁ、巡礼まで付き合ってもらうぞ。フィリア殿も疲れているところすまんが、もう少しオスヴァルト殿とともについてきてくれ」

「もちろんです」

そして私たちは陛下とともに聖地であるシバルツ遺跡へと向かいました。

もうなにもないとは思いますが、油断は禁物。

オスヴァルト様が責任を果たすまで、私も気を張っていきましょう。

◆

「長旅、というほどではないが、濃い一日だったな」

「ですが、無事に巡礼が終わって良かったです」

「ああ、フィリアは特に疲れただろう。紅茶でも飲んでとりあえずゆっくりしてくれ」

外はすっかり日が落ちている時分。

シバルツ遺跡への巡礼が終わり……私たちは屋敷へと戻り、ようやくひと息つけました。

ソファーに腰をかけて紅茶を飲みながら、隣り合って話をしています。

「エヴァン陛下とアレクトロン王国の方々は無事に帰路につきましたし、オスヴァルト様もひと安心できたのではないですか？」

「フィリアに助けてもらったおかげだよ。俺だけじゃあの騒動は止められなかった。クランディ侯爵の執念は予想以上だったからな……」

周到に準備されていた侯爵による仇討ち(かたきう)の計画。

それは私やオスヴァルト様の予想を超えたものでした。

エルムハルトさんの行動をも読み取り、エヴァン陛下を追い詰めた計画はほとんど完璧でしたし、私やリーナさんの到着が少しでも遅かったら止められなかったと思います。

「ハルヤがさっき渡してきた調査報告とクランディ侯爵の供述によると、幼い頃の侯爵とラーデン大公はいわゆる悪友と呼ばれるような間柄だったらしい」

「悪友、ですか？」

「そうだ。子供の頃の付き合いだから、接点について知る者はほとんどいなかったらしいけどな」

それは、亡くなったラーデン大公への想いの強さと言い換えても良いかもしれません。

クランディ侯爵から伝わってきた並々ならぬ執念。

「しかし、不思議ですね。エルムハルトさんを侯爵に引き取らせる際に、ラーデン大公が弱みを握って脅迫したと聞いたような気がします」

ずっと気がかりだったのはこの点でした。

クランディ侯爵の狙いに気付くのが遅れたのは、ラーデン大公との関係性がはっきりしなかったからです。

「どうやら大公の気遣いだったらしい。将来的に自分と侯爵が懇ろな関係であったと周知されると、厄介なことになるかもしれないと考えたらしい」

「つまり、その頃から自身が叛乱者になるかもしれないと思っていたと？」

「だろうな。陛下が即位するのはわかっていただろうし。叛乱を起こして勝てば、エルムハルトを息子として迎え入れる算段だったのかもしれんが、負ければ他人を欺けるよう手はずを整えたかったのだろう」

大公が無理やり侯爵に押しつけたという形を取れば、仮にエルムハルトさんの出自がバレても罪が及ぶ可能性は限りなくゼロに近いでしょう。

しかし、二人の友人という関係が知られてしまうと話は別です。

叛乱者の仲間という認識が侯爵につきまとい、エルムハルトさんの人生にまで影響したのは間違いありません。

ラーデン大公はいつか自らが破滅する未来を予見して、息子を預けるクランディ侯爵との繋がりを断とうした。

そう考えるのが自然でしょう……。

「だが、クランディ侯爵は我慢できなかったようだ。大公を失った気持ちを消化できずに年月はすぎて……エヴァン王子が国王に即位した」

「大公の仇が王座についた、という事実がきっかけというわけですか?」

「そのとおり。一度火がついた復讐心は燃え上がり、侯爵に〝魔性のナイフ〟を使った計画を実行させた。噂(うわさ)を流し、フィリアを狙うと見せかけ、エヴァンへの警備が薄くなり油断したところを狙う作戦を立ててな」

こちらが偽(にせ)の情報を収集するところまで巧妙に計算されたこの計画。

演習場やパーティー会場を襲撃させたのも、攪乱(かくらん)が狙いだったのでしょう。

エルムハルトさんが満身創痍(まんしんそうい)になりながら職務をまっとうしてくれたからこそ、ギリギリでエヴァン陛下を守ることができました。

「しかし、エルムハルトをよく治したな。あんなひどい傷だったというのに」

「リーナさんの手前、助けないわけにはいきませんよ」

「もちろん助かってくれてなによりだが、それでも致命傷を負っていたらフィリアでも治せないだろ？」

「そうですね。セイント・ヒールも万能ではありませんから……」

聖女の力も有限。万能ではありません。

心臓などの重要な臓器の損傷があまりに激しいと、命を救うことは不可能に近くなります。

しかし、エルムハルトさんの傷の状態は――。

「エルムハルトさんの傷はきれいに塞がりました。傷跡もほとんど残らないと思いますし、少し休めば元気になると思いますよ」

「そうか！　それは良かった！　あいつは怪我をしてばかりだったからな。……んっ？　そういえば」

私の言葉を聞いたオスヴァルト様は顔をほころばせましたが、思い出したかのように顎を触り眉をひそめました。

「……結局、エルムハルトが〝魔性のナイフ〟によって操られた魔物に襲われて怪我を負わされていたのは、クランディ侯爵が個人的にあいつを憎んでいたからなのか？」

オスヴァルト様の仰るとおり、演習場、パーティー会場、そして……あの森の奥。

エルムハルトさんはことごとく魔物の凶刃により、負傷していました。

ですが、気になる点があったのです。

「オスヴァルト様、逆かもしれません」

「んっ？　逆というのはどういうことだ？」

「エルムハルトさんの怪我ですが急所をきれいに外していたんです。大事な臓器の損傷は極めて軽度でして」

違和感を覚えたのは、見てすぐに大丈夫だと判断できるほどに、エルムハルトさんの怪我が酷くなかったことです。

出血が多かったので緊急を要しましたが、止血をして時間さえかければ、魔法を使わなくとも治らない怪我ではありませんでした。

「つまりエルムハルトに手心を加えたというわけか？　クランディ侯爵は怪我を負ったエルムハルトを人質にしたと聞いたが」

「それはそうなんですけど……」

もちろん、クランディ侯爵は本気でした。

私を相手にすることも想定していて、怪我人を人質にするという卑怯な手段も使っています。

その周到さを見るに、必ずや復讐を遂げようとする強い意志は感じました。

「ですが、やっぱり変なんですよね。クランディ侯爵は、エヴァン陛下を狙っていたにもかかわらず、まずエルムハルトさんのお腹を貫いています。これは少し不可解です」

「エヴァン陛下の謀殺を最優先にするならば、陛下を先に攻撃したほうが自然というわけか」

「仰せのとおりです」

「確かに一理あるが……エルムハルトは背中越しに魔物の一撃を受けたんだろ？　隙がある方を先に始末したほうが効率的で確実だと考えたんじゃないか？」

　オスヴァルト様の推測が正しいかもしれません。

　あのときはリーナさんもおらず、エルムハルトさんさえ動けないようにしてしまえば陛下の護衛が一人もいない状況を作り出せたのですから。

　いかに陛下が魔法を使って自衛しても数で圧倒すれば、クランディ侯爵の復讐は達成できたでしょう。

「だが、自分の推測を言ってみて思ったが……フィリアの考えが合っているのかもな」

「えっ？」

「ほら、エルムハルトは巡礼までの二度の襲撃で怪我をしていただろ？」

「ええ、ですからエルムハルトさんを狙っているかもしれないという懸念が生まれました」

「だが、侯爵にはエルムハルトを害する方法はいくらでもある。だから、あれはあの男を侯爵が自らの復讐に巻き込まないように、護衛の任務から外させようとしたのかなって思ったんだ」

　言ったそばから自説を翻したオスヴァルト様は、なにかを思い出したかのように立ち上がりました。

「実は、クランディ侯爵がエルムハルトをずっと冷遇していた理由について考えていてな」

「侯爵が冷遇していた理由ですか？　妾（めかけ）の子だという認識を周知させるために、あえて過剰に振る舞っていたのではないでしょうか？」

「うむ。俺も最初はそう思った。ラーデン大公の子を普通は冷遇などしないからな。少しでも真実から遠ざけたかったのなら、そう見せておいたほうがいい」

クランディ侯爵のラーデン大公への忠誠心が非常に高かったのは、今回の一件でよくわかりました。

大公との秘密を隠し通そうと考えたとき、実際に妾の子を引き取った体裁をアピールするのは有効な手段でしょう。

「しかし、ラーデン大公は亡くなった。クランディ侯爵に復讐心が芽生えた瞬間だ」

「はい」

「……もしも、侯爵が失敗を想定していたとしたらどうだ？」

「失敗を、ですか？」

あれほどの執念を見せたクランディ侯爵。

果たして失敗した未来を想定していたのかどうか……逃亡する手段以外はあまり思いつきません。

「そう。侯爵が失敗したとき、俺たち王族がそれを罰するのは必然。もしもそのとき、エルムハルトが侯爵家に未練を持っていれば……」

「エルムハルトさんも復讐者の道に足を踏み入れる可能性がある、ということですか？」

「うむ。もちろん、エルムハルトがそうなるとは思っていないが……侯爵はそう考えたかもしれない」

つまりクランディ侯爵はエルムハルトに自分と同じような人生を歩んでほしくなかった。

大切な友人だったラーデン大公の息子だからこそ、自分や大公とは離れた道を歩んでほしかった。

そんな考えを持っていたかもしれない、と。

オスヴァルト様はそう仰せになりたいのでしょうか。

「それで侯爵が手心を加えた可能性を指摘した際、どこか納得されていたのですね」

「エルムハルトにあそこまでの怪我を負わせたわけだし、考えすぎとも思ったんだが……」

「人の心は単純ではありませんから。憎しみと愛情が同居するときもあるかもしれません」

今まで色々な人の愛情に触れてきました。

そして、同じだけ憎しみにも出会ってきました。

愛情深い人が悲しみに暮れて憎しみに染まることもあるのです。

「うむ。人の気持ちを理解するのは難しいものだ」

「ですが、オスヴァルト様の考えに賛成です。そのほうがエルムハルトさんにとって救いになります」

「フィリア……はは、そうだな！　俺もあいつには幸せになってほしい！」

とびきりの笑顔を向けて、うなずくオスヴァルト様。

わからないならばいっそ好意的に解釈をしてしまおう。

それはある意味では逃げなのかもしれません。

ただ、エルムハルトさんは心も体も傷付いてきました。

そんな彼には前向きに生きられるような要素が、たとえ不確かであっても必要なのだと私は思ったのです。

「あとは、〝大公の乱〟……そして今回の侯爵の叛乱にも使用され、その危険性が再び浮き彫りとなった〝魔性のナイフ〟の始末だけだな。兄上とも話し合ったが、フィリアの進言どおり封印することにした」

「そうですか。ライハルト殿下も同意してくださったんですね」

魔物を自在に操るという危険な力を持つ〝魔性のナイフ〟。

ごく僅かな者しか知らない秘密の場所に保管していたのにもかかわらず、盗まれて被害を出してしまいました。

それならどう保管すれば良いのか。

私は結界術の応用で〝魔性のナイフ〟を封印することを提案しました。

決して誰も保管場所に踏み込めないように、その場所自体に立ち入れないようにしてしまおうと考えたのです。

さらに万が一、立ち入られたとしても〝魔性のナイフ〟を私以外には開けられない箱の中に入れ、盗難を防止します。

つまり立ち入り不可能にした上で、盗難不能にしてしまおうと提案したのです。

「本当は破壊できればよかったのですが」

「神具だもんな。壊したら、なにが起こるか予想がつかないというフィリアやリックの意見はもっともだと思う」

神の力が宿りしアイテムを無理やり破壊すれば、危険な事態を招くかもしれない。

前例がほとんどないのでなんとも言えませんが、あり得ぬ話ではありません。

大いなる力を扱うには、それだけ慎重でなくてはならないのです。

ですから、私も〝魔性のナイフ〟自体には干渉しないように心がけて封印を施す方法を提案しました。

「さっそく封印をしてほしいと兄上が言っていた。悪いが明日、王宮の地下まで一緒に行ってくれないか？」

「もちろんです」

オスヴァルト様の言葉に私はうなずきました。

◆

翌日の早朝。

私とオスヴァルト様はライハルト殿下の待つ地下まで足を運びました。

「フィリアさん、朝からすみません」

殿下は開口一番、申し訳なさそうに謝罪を口にします。

殿下も昨日は対応に追われていたのか、その顔には疲労の色が滲(にじ)んでいました。

「殿下、かなりお疲れのようですね。……私の治癒魔法なら疲労にも効きますので、少し時間をいただいてもよろしいですか？」

「これはお気を遣わせてしまい、申し訳ない。ですが、せっかくですからお願いします」

「はい！」

私はライハルト殿下の疲労を魔法で治しました。

「ありがとうございます。まるで、ぐっすり眠ったあとのようだ。さすがはフィリアさんです」

「お役に立てて、嬉(うれ)しいです」

「さて、さっそく本題に入りましょう。こちらに〝魔性のナイフ〟を封印してほしいのです」

ライハルト殿下が指差したのは地下にある一室。

王宮の地下の一角にある備品庫を空にして、〝魔性のナイフ〟を入れた箱を置き……その上で室内と箱にそれぞれ封印を施します。

「貴重な神具です。パルナコルタ王国の宝と言っても良いものだと思いますが、本当に封印してしまってもよろしいんですか？」

「十六年前は我々パルナコルタ王族が、そして先日はアレクトロン国王が〝魔性のナイフ〟により命を狙われたのです。貴重なのは確かですが、宝というには不吉すぎます。どうぞ、封印を施してください」

ライハルト殿下は迷う素ぶりも見せずに、用意しておいた〝魔性のナイフ〟を私に手渡します。

「わかりました。それでは責任を持って封印しましょう」

「頼む。フィリアが聖女だから安心して任せられる」

「弟の言うとおりです。あなた以上に信頼できる方はいません。よろしくお願いいたします」

部屋に設置されていた台座の上に置かれている箱に私は〝魔性のナイフ〟を入れました。

蓋を閉じると、ガタンという重い金属音が部屋に響きます。

この箱は私の魔力にのみ反応して開く魔道具で、私が蓋に魔力を流し込みながら閉めると他の方法では決して開かず……鋼鉄のハンマーで殴っても破壊できません。

「……これでこの箱は開かなくなりました」

「触っても大丈夫か？」

「はい。もちろんです」

オスヴァルト様は台座の上の箱に触れて、蓋を開けようとしました。

「な、なるほど。力を込めてもびくともしない。すごいな、これは」

私の方を向いて、オスヴァルト様は感嘆の声を漏らします。

貴重品を保管するならば、これで大丈夫かと思いますが……。

「とはいえ、箱ごと持ち出される可能性もあります。予定通り、台座付近にも近寄れないように封印を施しましょう」

「それでは、私とオスヴァルトは邪魔にならぬように部屋の外に出ましょうか。フィリアさん、頼みました」

「はい」

私がうなずくとオスヴァルト様とライハルト殿下は部屋を出ました。

次の段階に移りましょう。

部屋全体に結界を張るときと似た要領で、侵入不可能な魔力の檻を作ります。

まずは、祈りを捧げて小さなサイズの光の柱を作りました。

さらに台座の四方を囲むように光の柱を作製。

そして、魔物だけでなくすべてを遮断する魔力の檻を展開。

「これで〝魔性のナイフ〟には何人たりとも近付けないはずです」

部屋を出た私は外で待っていてくださったオスヴァルト様とライハルト殿下に報告しました。

「ありがとう。助かったよ、フィリア」

「お手数をおかけして申し訳ありません。これで安心できます」

「いえ、聖女として当然のことをしたまでですから」

私は一礼して返事をします。

私も〝魔性のナイフ〟の保管は気がかりだったので、これで心配事が一つ消えました。

「疲れていないか？　色々と魔法を使っていたが」

「大丈夫ですよ。お勤めで結界を張っていたときとあまり変わりません。むしろ楽だったくらいです」

王宮からの帰り道。

馬車の中でオスヴァルト様は私を気遣ってくれました。

普段は魔物のみを通さない結界ですが、人もなにもかもを通さない檻となると理屈の上では簡単なものとなります。

ですから、侵入不可能の檻といえば大袈裟なものですが、作ること自体はそれほど難しくありませんでした。

「そうか。なら良かった。……そういえば、さっきフィリアが祈りを捧げていたときに兄上から聞いたのだが、エルムハルトの調子はかなり回復しているようだ。昨日の夜にフィリップから報告を受けたらしい」

「それはなによりですね」

傷は塞いだので、あとは数日寝て過ごして体力の回復だけだと思っていました。

さすがはエルムハルトさん。回復力は常人以上みたいです。

「騎士団に復帰する際には、俺たちの屋敷に挨拶に来るとも言っていたんだとさ。俺はそれを聞いて安心した」

「安心、ですか？」

「ああ、今回の件の責任を取るなどと言って辞めないかと気を揉んでいたからな」

なるほど。

確かに義理の父親も本当の父親も、〝魔性のナイフ〟を巡る事件にかかわっていたんですものね。

法律上は親の罪は関係なくとも、気にしないはずがありません。

「きっと前を向いて歩こうと決めたんですよ」

「ああ、そうだな」

私たちは顔を見合わせ、微笑み合い、エルムハルトさんの回復を喜びました。

◆

「この度はまことにご迷惑をおかけいたしました。フィリア様のおかげでこのとおり、明日から騎士団に復帰できます」

アレクトロン王族の聖地巡礼が終わり、およそ一週間後。

療養を終えたエルムハルトさんが、屋敷へと挨拶にきました。

「おっ！　もう完治したのか？」

「オスヴァルト殿下……私も驚きました。前の怪我のときと違い、フィリア様が細部まで治してくださいましたので、思いもよらない速さで全快しました」

急いで治療した甲斐(かい)あって、エルムハルトさんは特に後遺症もなく元気になってくれました。

初手で遅れてしまうとセイント・ヒールを使っても完全に治せないこともあるので、良かったです。

回復していると聞いていたとはいえ、元気な姿を見ると安心します。

「ははは、無理するなよ。もう少し休んでも誰も文句は言うまい」

ただ、治ったとはいえすぐに体を激しく動かすと大きな負担になってしまいます。

私個人の考えとしては、一週間の休養は短いような気もします。

「いえ、復帰と言いましても引退前の引き継ぎを行うだけですので。特に体の負担にはなりません」

「「――っ!?」」

エルムハルトさんの「引退」という言葉に私たちは驚き、思わず顔を見合わせてしまいました。

今回の件を気に病んでしまったのでしょうか……？

「エルムハルト、お前……騎士団を辞めるつもりなのか？」

「はい！　騎士を辞め、ジーン・デロン殿の道場の手伝いをしようかと。実は以前お会いしたときに引退後に働かないかと誘われておりまして」

フィリップさんの祖父で元騎士団長のジーンさん。

どうやらエルムハルトさんは、新婚旅行で訪れたあの道場で仕事をするつもりみたいです。

「いくらでも休んで構わないから、もう少しだけ続けないか？　お前ほどの騎士を失うのは騎士団にとって大きな損失だ」

「オスヴァルト殿下のお言葉、過大評価がすぎます。義理の父も本物の父も叛乱者となってしまった自分には……国を守る権利などございません」

ゆっくりと語るエルムハルトさんの肩は、すっかり落ちてしまっていました。

「辛(つら)いのならば無理に引き止めはしないが、少なくとも俺やフィリアは親の罪が子にまで及ぶとは考えていないぞ」

「そうですよ。エルムハルトさん、深刻に考える理由はわかりますが……あまり思い詰めないでください」

「……オスヴァルト殿下、フィリア様。ありがとうございます。ですが、もう決めましたので」

オスヴァルト様と私の声に対し、彼はきれいに一礼しました。

以前よりもどこか小さく見えるその姿。

それでも、瞳の力強さは変わらず――どうやら引退するという意思は思ったよりも強そうです。

「お茶が入りました～。失礼しま～す」

そのとき、リーナさんが紅茶を運んできてくれました。

エルムハルトさんは彼女の顔をチラッと見ます。

「リーナにも話をしてよろしいでしょうか？」

「……もちろんだ。リーナ、座ってくれ」

「は～い」

婚約者であるリーナさんと話がしたいと口にするエルムハルトさん。

そういえば、彼からリーナさんに声をかけるのは初めて見ました。

「リーナ、今まできちんと話ができなくてすまなかった。先程、オスヴァルト殿下に話したんだが、騎士団を辞することになってな。それで――」

「え～!? 辞めちゃうんですか～!? ダメですよ～! 絶対にダメです!」

辞める、という言葉に反応してリーナさんは話の腰を折りました。

珍しいですね。彼女が人の話を最後まで聞かないなんて……。

「んっ? いや、辞めることはもう決めているんだ。話というのはその先で――」

「先もなにもありません! エルムハルト様は最高の騎士なんです～! まだまだ騎士として活躍できる人なんです～!」

「リーナ……」

テーブルを叩いて立ち上がり、すごい剣幕でエルムハルトさんに迫るリーナさん。

普段、穏やかな彼女からは考えられない行動です。

「エルムハルト様、過去に負けないでください! ご自身の生い立ちに負けないために騎士になったんじゃないですか!?」

「――っ!?」

リーナさんの言葉を受け、雷に打たれたように目を見開くエルムハルトさん。

どうやら、なにか大切なことに気付いたようです。

「……負けないために騎士になった、か。確かに僕はなにかを変えようとして剣を握ったんだった」

右の拳を握りしめながら、彼は声を震わせました。

やはり、ここで騎士としてのエルムハルトさんを失うのは国として大きな損失というだけでなく、彼自身の心にとっても良くないことかもしれません。

「エルムハルト、今回は杞憂で済んだが……これからだってパルナコルタ王国が危機に直面する可能性がある。助けてくれないか？　お前のような人材は得難いのだ」

「オスヴァルト様の人を見る目は確かです。エルムハルトさん、どうか夫の助けになってあげてください」

私もエルムハルトさんが騎士団に残ってくれるようにお願いします。

きっとそれが彼の未来にとっても良い方向に繋がる、そう信じて。

「ふぅ、リーナはともかくとして……第二王子夫妻にそんな事言われたら断れないではないですか」

「おっとそれは悪かったな。だが、俺はお前がこの国を助けてくれると信じている」

「リーナもエルムハルト様を信じていますよ～」

苦笑いするエルムハルトさんに対して、オスヴァルト様とリーナさんは笑顔を向けます。

風向きが変わった。確かにそんな気配がしました。

「……業を背負ったまま騎士として生きるのは辛いです。今だって逃げ出したいと思っています」

低く淡々とした口調ですが、そこに悲愴感はなく、どこか決意のようなものが感じられました。

「それでも、パルナコルタ王室と聖女様に自分の忠誠心を捧げたくなりました。どうやら、私には騎士道しか歩む道がないようです」

「エルムハルト！　それでは、騎士団に残ってくれるんだな!?」

「お恥ずかしい話ですが、引退のお話は撤回させてください」

はっきりとした撤回宣言。

そのときの彼は実に清々(すがすが)しく、すっきりとした表情をしていました。

「エルムハルト様～！　嬉しいです！　これからも全力で応援いたします～！」

「リーナ、ありがとう。君のおかげで大事なことを思い出せたよ」

飛びつく彼女をそっと抱きとめて、エルムハルトさんは優しく語りかけました。

この穏やかな雰囲気こそ、本来の彼の姿なのでしょう。

「あれあれ～。でも～、エルムハルト様。リーナになにかお話があると仰っていませんでした～？」

そういえば、なにかを言いたそうなところをリーナさんが遮ったんでしたっけ。

すっかり引退の話で飛んでしまっていましたね。

「その話、か。実は騎士を辞めて山奥の道場の近くで生活をするつもりだったから……君に付いてきてくれないかとお願いするつもりだったんだ」

「へっ？　そ、それって～」

今度はエルムハルトさんが立ち上がり、そしてリーナさんの前で跪(ひざまず)きました。

「君は僕にとって希望の光だ。……リーナの人生を縛りたくはなかったが、どうしても失いたくな

いという気持ちが抑えられなくて……。ずっと側にいてくれないか？　この先、どんな困難が来ようとも君を守ってみせるから」

そして懐から小箱を取り出して、蓋を開けます。

中にはもちろん婚約指輪と思しきものが入っていました。

澄みきった青空のように輝くアクアマリンが二人の未来を祝福しているように見えます。

「エルムハルト様～、プロポーズが遅すぎます～！　リーナはずっと前からあなたの婚約者でしたのに～！」

「えっ？　ああ、それはそうなんだけど。君の意思は流石に尊重しないとならないと思っていたんだ」

「きれいな指輪ですね～！　フィリア様～、見てくださ～い！」

「あ、はい。とても美しいですね」

指輪を受け取って嬉しそうな笑顔を見せるリーナさん。

なんというか、こんな感じで良かったのでしょうか？

「あ、あの。リーナ、返事を聞かせてもらっても良いかな？」

「へっ？　ああ、返事ですか～！　そんなの決まってるじゃないですか～！　ふつつか者ですが、どうかこれからもよろしくお願いいたしま～す！」

「そうか。ありがとう」

――どこまでも天真爛漫で素直な人です。

やはり彼女に不幸は似合いません。

「フィリア様～、どうかしましたか～？」

「いえ、なんでもありません」

そのとき、一筋の雫が静かに流れ落ちました。

一瞬の出来事でオスヴァルト様たちは気付いていないようです。

リーナさんは一瞬驚いたかと思いましたが、すぐにいつもの笑みを浮かべました。

その笑みからは彼女の心の穏やかさが伝わってきて、このとき私はリーナさんがようやく緊張から解放されたのだと気付きました。

……リーナさんはどこまでも強い心を持っているのですね。

不安も抱えていたはずなのに、それでも笑顔を絶やしたくないと考えているのでしょう。

「エルムハルト、引き継ぎはしておけよ」

「オスヴァルト殿下？　どういうことですか？」

「復帰したらすぐに王都の騎士団に配属させるように手を回してやる。そうしたら、リーナにいつでも会えるだろ？」

「そ、そんな。そこまでお気を遣わせるわけには――」

エルムハルトさんはオスヴァルト様の提案に焦りながらそう返します。

「婚約祝いの代わりだ。素直に受け取っておけ」

「恐縮です。この御恩はいつか働きを以て返させていただきます」

彼は立ち上がり、背筋を伸ばしてオスヴァルト様に一礼しました。

こういう行為を人は粋だと言うのでしょうか。

私には思いつかない婚約祝いです。

「これくらいの権力を使ってもバチは当たるまい。なぁ？　フィリア」

「ふふ、聞かなかったことにしますね」

私のほうを振り返り、いたずらっぽく微笑むオスヴァルト様を見て、思わず笑いがこぼれてしまいました。

大切な人との何気ない会話がとても楽しい。

リーナさんにも、こんな気持ちを味わってほしいです。

エピローグ

epilogue

「エルムハルトは無事に引き継ぎを終えて、間もなく王都の騎士団に配属されるそうだ」

「そうですか。それは良かったです」

エルムハルトさんがリーナさんにプロポーズしてから、およそ半月後。

オスヴァルト様からの報告を受けて、私は心の底から喜びました。

きっとこれからリーナさんの人生はさらに充実したものとなるでしょう。

「新しい屋敷も見つけたみたいだぞ。この近くで、リーナと暮らせるところをな」

「良いですね。リーナさんも喜んでいるんじゃないですか？」

「うーん。それが、ちょっと違うみたいなんだよ」

「えっ？」

オスヴァルト様が苦笑いしていたので、私は首を傾げました。

エルムハルトさんが近くに住むのですから、リーナさんも嬉しいはずですよね？

「私はまだまだここでフィリア様のお世話をさせてもらいますよ〜」

「リーナさん？　どうしてですか？　エルムハルトさんと一緒に住んでもこちらには通えますよ？」

予想外の発言が飛び出してきたので、私はびっくりしました。

てっきりエルムハルトさんが王都に移ってからは彼と共に暮らすと思い込んでいましたから。

「私はご主人様と寝食を共にしてメイド道を極めるんです～。エルムハルト様と暮らすのは完璧なメイドになってからです～」

「何年かけるつもりだ」

「むぅ～。オスヴァルト殿下、見縊(みくび)らないでくださ～い。リーナはすぐに、もっともっとすごいメイドになるんですから～！」

よくわからないですが、リーナさんにはなにかこだわりがあるみたいです。

こちらにいらっしゃるのはありがたいですが、エルムハルトさんに悪いですね……。

「それでいいのですか？　夜間はヒマリさんとレオナルドさんがいますし、私は構いませんよ？お休みも多く取っていただいて大丈夫ですし」

「フィリア様～！　ヒマリさんがいなくなるかもしれないってときはあんなに寂しがったのに、受け入れるのが早いですよ～！」

「いえ、ヒマリさんは国から出ていく話もしていましたので話が違うというか……」

泣きそうな顔で迫ってくるリーナさんに圧倒されてしまいます。

今生(こんじょう)の別れというわけでもないので、特に薄情なことを言ったつもりはないのですが。

「エルムハルト様とはちゃんと話し合いました～。少なくとも結婚式を挙げるまでは別々で暮らすことにしたんです～」

――そういう話ならば納得しました。

そういえば、まだ結婚したわけではないですものね。

「では、結婚式を楽しみにしておきます。きっとリーナさんのウェディングドレス姿は素敵ですよ」

「えへへ〜、楽しみです〜」

リーナさんの結婚式。みんなで祝福したいです。

友人として結婚式に出席するというのは、どのような気持ちになるのでしょう。

それも新しい経験。今から興味がつきません。

「準備になにか必要なら遠慮なく言ってくれ」

「ありがとうございます〜」

オスヴァルト様も機嫌が良さそうに声をかけます。

なんだかんだ言ってリーナさんの結婚が嬉しいのでしょう。

「それにしても不思議な感覚です。少し前に私たちの結婚式があって。もう次の結婚式の予定が決まるなんて」

「これからは王族として結婚式に呼ばれることもあるだろうから、次とは限らないがな」

「ですが、親しい方の結婚式というのは別ではないですか？　ふふ、楽しみですね」

「そうだな。ははは、盛大に祝ってやろう」

私とオスヴァルト様は顔を見合わせて、笑い合いました。

想像するだけで、胸が躍ります。

他人の幸せが、自分のことのように嬉しい。

これから先もこんな経験をできるだけ多くしたいものです。

「あの～、すみませ～ん。多分、私の結婚式よりも先に大事な結婚式があると思いますよ～」

「んっ？　それはどういうことだ？」

「私がお二人のもとにきたのはこのお手紙を渡すためだったんです～！」

「これは……ジルトニア王室からの手紙ですね。そして、こちらはミアからの手紙。まさか……」

リーナさんが差し出す二通の手紙。

それだけで、この手紙の内容がなんなのか大体察しがつきました。

「読んでみてくれ」

「は、はい……オスヴァルト様。ジルトニア王室からの手紙の方はミアとフェルナンド殿下の結婚式の招待状です！　日取りが決まったみたいです！」

最愛の妹の結婚式。

その報告に興奮してしまい、思わず声が大きくなってしまいました。

――ミアがついに結婚する。

あの子は愛嬌があって、可愛らしくて、とにかく非の打ち所がないくらい良い子なので驚くことではありません。

それでも、たった一人の大切な妹の門出を祝えるというのは格別です。

「そうか。ついにフェルナンド殿下と結婚するのか。おめでとう！」

「ありがとうございます」

「フィリア様～、良かったですね～」

「はい。とても嬉しいです……！」

気付けば、目の奥が熱くなっていました。

ですが、ここで涙を流すのはまだ早いです。

そのときまでとっておくのです。

あの子が幸せになるところを目に焼き付けるつもりではいますが、潤んだ目ではそれもままならないかもしれないですね。

「ここのところ不穏な話ばかりを聞いていたが、リーナとミア殿の吉報。風向きが変わったような気がするな」

「ええ、そうですね！　きっと誰もが笑って過ごせる未来が待っているはずです！」

今はただ、理想を語っているだけ。

ですが、私はきっとその理想を実現させてみせます。

聖女としてだけではなく、一人のフィリアとして……大切な人たちを笑顔にしたい。

そんな人生を歩もうと決めたのですから。

◆

その日の夕暮れ。

私はぼんやりとソファーに腰かけて、祖国へと思いを馳せていました。

「……リア。フィリア？」

「えっ？　オスヴァルト様？　すみません。ボーッとしていました」

「珍しいじゃないか。呼びかけにも反応しないなんて」

「いえ、ミアのことを考えていたのですが……なんだか感慨深くなってしまって」

相変わらず毎日は目まぐるしく動いて、ふと気付いたら周りの環境が劇的に変化している。

時々、その変化に戸惑う自分がいます。

「ミアやリーナさんが新しい未来へと一歩進んでいて、それはとても喜ばしいことなんですけど……心が追いついていないというか。大事な人ばかりの幸せを願うのは果たして聖女として正しいのか、考えていまして」

あのとき、クランディ侯爵は「侯爵である前に大公の友である」と口にして、叛乱の意志を示しました。

立場よりも大事な人のために動くことを優先して、あのような暴挙に出たのです。

「うーむ。……なるほどな。フィリアはどこまでも聖女なんだな」

オスヴァルト様は手を差し出し、私を見つめます。

手を握りながら立ち上がると、彼は嬉しそうに微笑(ほほえ)みました。

「ほら、見てごらん。夕焼け空だ」

「真っ赤に染まって美しいですね」

窓際に二人で並んで日が沈む様子を眺めます。

燦々(さんさん)と輝く太陽がゆっくりと山の中へと姿を消してゆく。

すべてを照らしてきた光が天から去ってしまい、闇夜が訪れるのです。

「夕焼け空を見ると、ちょっと前まで寂しい気持ちになっていたんだ」

「わかります。一日の終わりというものは虚(むな)しいものです」

「だけど不思議なもので、フィリアと暮らし始めてからは逆になったんだ」

「逆、ですか」

私と同じ目線になるようにかがんで、オスヴァルト様は沈む太陽を指差しました。

「明日が楽しみになるからな。フィリアとどんな明日を迎えられるのか、考える時間も楽しくなるんだ」

「オスヴァルト様……」

私も同じ気持ちです。

これから先もなにが起こるのかわかりませんが、彼と一緒ならと考えると不思議とそんな未来も光り輝いているように思えるのです。

「リーナやエルムハルトにもそんな時間を手にする権利はあるはずだ。フィリアもそう思ったんだろ？」

「はい。多くの方を救いたいという気持ちもありますが……大切な人に幸せになってほしい。身近で笑っていてほしい。そう思うようになりました」

また一つわがままになってしまった。

そんな認識はあります。

でも、それは私にとって些末なことでした。

大事な人たちのもとに輝かしい未来が訪れるという嬉しさと比べれば……。

そんな考えもできるようになったからです。

「ですが、本来の聖女としての生き方とは少し違うかもしれません。パルナコルタの聖女として相応しくないのではないかと、そう考えてしまうのです。本来ならば万人のために、国の繁栄のために尽力することが聖女としての生き方かと」

「大切な人たちのため、万人のため、フィリアらしい悩みだな。……だが、俺はそれらの考えは両立できると思うぞ」

「両立できますかね……？」

より多くの国民を救済し、国を豊かにすることが聖女としての存在意義。

今の自分の生き方は好きですが、それが疎かになるかもしれない。

そんな悩みを吐露すると、オスヴァルト様は力強い言葉をかけてくれました。

「大丈夫さ。フィリアに関わっているみんなが、あなたに感謝している。きっと困ったら力を貸してくれる」

「力を貸して……」

「もしも、多くの民を救わなきゃならなくなったとき……そんな輪が広がっていたらあなたの力は何倍にもなると思わないか？　もちろん俺だって微力だが協力するし……ミア殿やエルザ殿だって助けてくれたではないか」

いつもオスヴァルト様の考えは心に和らぎを与えてくれます。

一人ではないとわかっていましたが、いつの間にかそれが想像よりも大きな力になっているとは考えてもみませんでした。

「大丈夫だ。フィリアは前に進んでいるよ。俺なんかよりもよっぽどな」

「オスヴァルト様だって、見事に巡礼を成功させたではないですか」

「いや、まだまだ兄上には及ばない。兄上ならもっと上手く段取りをつけて進行できたはずだ。あの襲撃も未然に防いだかもしれないしな」

苦笑いするオスヴァルト様。

クランディ侯爵の襲撃を防げなかったことに責任を感じているみたいです。

「もちろんライハルト殿下には、殿下の良さがありますが……オスヴァルト様にはオスヴァルト様の良さがあります。それはきっと、エヴァン陛下にも伝わったはずです」

「そうだと良いがな。……弱音を吐いてすまない。フィリアに大丈夫だと言ったばかりなのにな……」

太陽はすでに沈みかけて、窓から差し込む光も段々と弱まってきました。

気付くとオスヴァルト様の手を引き、その体を抱き締めていました。

一瞬だけ強張った体からは彼の驚きを感じましたが、なにも言葉を発しません。

――思ったよりも冷たい。

そう思ったのと同時に自分の熱が伝われればと、大きな背中に回した腕に力を込めました。

彼の優しさによってたくさんの人が救われていると伝えたい。

その温かさはみんなが知っていると、少しでも伝えたいと願って……。

「フィリア……」

「えっと、すみません。わ、私ったらなんて大胆なことを……」

名前を呼ばれたとき、私はどうしようもなく照れくさくなってしまいます。

オスヴァルト様も驚いたように目を丸くし、徐々に頬を赤らめていきました。

……おそらく、それは私も同じはず。

そっと視線を逸らしますと、今度はオスヴァルト様が私を抱き寄せました。

「ありがとう。慰めてくれようとしたんだろ?」

「……い、一応、そのつもりです」

「おかげで元気がでたよ」

耳元で聞こえる声に、私の顔はさらに熱くなります。

……一応、そのつもり。

なんて情けない言葉でしょう。

このまま終わるのも勢いに任せただけのような気がして、締まらないような気がしました。

「今度はもっと上手くやってみせます」

「えっ？」

私は意を決してオスヴァルト様のほうへ向き直ります。

そして彼の胸に手を当てて、背伸びをして口付けをしました。

……やっぱり恥ずかしさのほうが勝るようです。

私の鼓動はうるさいくらいに鳴り響いていて、その音すらも伝わってしまうのではないかと思いました。

顔を離すと、オスヴァルト様はまだ目を丸くしていました。

「フィリア、今のは……」

「もっと元気、でましたか？」

オスヴァルト様はさらに目を見開いて、それから声を上げて笑い出しました。

「ははは、こんなに励ましてもらえるとはな！」

「へ、変でしたか？」

笑われたのは予想外で、今度は私が目を瞬(またた)かせる番でした。

お腹(なか)の底から笑っているみたいですが……そんなに変なことだったのでしょうか？

ひとしきり大声で笑ったあと、オスヴァルト様は再び私を抱き締めます。

「元気がでたよ。とびっきりの元気がな」

「……それなら、良かったです」

夜が訪れても輝きを失わない黄金色の瞳を見ると、自然と顔がほころぶようになりました。

共に輝かしい未来へ。心はいつも一つです。

番外編

Extra edition

～姉からの手紙～

「ヒルダお義母様！　フィリア姉さん、結婚式に出席してくれるって返事がきましたよ！」

私は手紙を片手に、晩酌をしているお義母様に報告した。

フィリア姉さんの結婚式から遅れて、半年くらいになるかな。

ついに、私はフェルナンド殿下と結婚する。

「騒々しいですよ。当たり前の返事に騒ぎ立てて。フィリアが欠席するはずがないではありませんか」

「そ、それはそうだけど。嬉しいじゃないですか。わかっていても、姉さんが喜んで手紙を書いてくれるだけで」

ド正論を突きつけられて、私は言葉に詰まるが……姉さんが返事をくれたことが嬉しいのだから仕方がない。

「気持ちはわかります。ですが、いかなるときも毅然としていることを心がけなさい。あなたは未来の王妃になるのですから」

「み、未来の王妃……。わかっていましたが、言葉にすると重いですね……ちょっと怖くなりました」

「今さらなにを言っているのですか？　マリッジブルーになるような性格ではないでしょう？」

「それは言いすぎですよー」

なんて返してみたが、びっくりするほど緊張していなかったことに気が付く。

フェルナンド殿下が気を遣ってくれたのか、はたまた聖女としての務めに集中していたからなのか、その点については深く考えていなかった。

もちろん、今まで以上に責任ある立場になるということは理解しているのだが。

「聖女が王妃になるケースってこの国では珍しいですよね。王族と婚約したのも、アデナウアー家からはフィリア姉さんが初めてでしたし」

「現国王になるまでは、聖女が高い身分の者のもとに嫁ぐのは嫌がられる傾向にありました。力があるぶん、発言権を強くさせたくなかったのでしょう。そのおかげで私は誰の反対もなくカミルと結婚できたのですが」

「カミルさんはジプティア出身の薬師……確かにお義母様に婚約者がいたら、結婚なんてできませんでしたよね」

そう考えると、フィリア姉さんが歴代最高の聖女と呼ばれるようになったという影響は大きかったんだ。

国王陛下があのバカ王子と婚約させたのは、聖女の国内での地位向上を意識したのかもしれない。

「他国では珍しいケースではありません。アレクトロン王国などは先代の国王と当時の聖女が結婚しているのは知っているでしょう？」

「そういえば、そうでしたね。忘れていました」

「まったく……結婚式前に大陸の歴史を勉強しておく必要がありますね。対外的な交渉のときに他国の歴史を知らないと――」

「勉強します！　勉強しますから！　アレクトロン王国といえば、最近王族がパルナコルタ王国に巡礼に行ったとか。ほら、姉さんの手紙にも書いてあります」

お説教ムードが漂ってきたので、私は半ば強引にフィリア姉さんからの手紙をヒルダお義母様に渡す。

あっちも色々と大変だったみたいだ。

「アレクトロン王族の聖地巡礼、ですか」

「クラムー教とは別の女神信仰ですよね。それなのに聖女が陛下のお母様なのって、少し違和感があったんですよね」

「だからこそ、ですよ。基本的にクラムー教以外の宗派は異端扱いとまでは言われませんが、各国の教会の上層部からはあまり快く思われませんからね。国としてクラムー教を蔑ろにしていないとアピールする必要があるのです」

複雑な話になるけど、要するにこの大陸における主流派に気を遣って聖女を持ち上げているということだろうか？

しかし、不思議な国である。

わざわざパルナコルタの遺跡を聖地にして、女神信仰を貫こうとする姿勢。

ああ、歴史勉強しなくちゃな。フィリア姉さんなら、その辺の話は全部知っていそうだ。

「フィリアも王族の一員として、第二王子妃の対外的な役割も果たしているはずです。あの子は私が心配するまでもなく完璧に役目を果たすはずですが……」

「なんです？　そんな目をしていないではっきり言ったらいいじゃないですか。フィリア姉さんを見習えって」

「言わずとも見習っているでしょう。見習っての今なのでしょうから、どう言おうかと思案するのに時間がかかってしまいました」

「ひどい！」

私の姉バカぶりも大概だと思っていたが、ヒルダお義母様の親バカぶりもすごいなと最近思うようになってきた。

もちろん姉さんは誰が見ても優秀だけど、お義母様は今までできなかった分を取り戻そうとするくらい、姉さんを褒める。

――ただし、私の前限定だけど。

「たまにはフィリア姉さんの前でも言ってあげてください。きっと喜びますよ？」

「はぁ？　なにを言っているのですか？」

「それくらい自分で考えてください。私はこれから勉強で忙しくなるのですから」

また、フィリア姉さんと会える。

楽しみだ。

私、頑張るからね。歴代最高の聖女フィリア・アデナウアーがこの国に残した、聖女としての功績に恥ずかしくないように……全力で頑張るから。

あとがき

読者の皆様、六巻をご購入いただきありがとうございます。

今回はリーナに焦点を当ててみました。

そしてコミカライズのほうで綾北（あやきた）先生の描く若い頃のレオナルドが格好良かったので……その時代の話も入れてみた次第です。

昌末（まさみ）先生のイラストも最高でしたね！

表紙から最後の挿絵まで全部が素晴らしかったです！

次巻ですが、今度はミアにスポットライトを当てた話を書きたいなと思っております。

昌末先生に描いていただきたいシーンを想像しながら構想を練っていますので、もし刊行されましたらお読みいただけると嬉（うれ）しいです。

最後に綾北先生のコミックス五巻も最高に面白いので、こちらも是非ともよろしくお願いいたします！

それでは、またお会いできることを願っております!!

冬月光輝

完璧すぎて可愛げがないと婚約破棄された聖女は隣国に売られる 6

発行 2024年6月25日 初版第一刷発行

著者 冬月光輝

イラスト 昌未

発行者 永田勝治

発行所 株式会社オーバーラップ
〒141-0031 東京都品川区西五反田 8-1-5

校正・DTP 株式会社鷗来堂

印刷・製本 大日本印刷株式会社

ISBN 978-4-8240-0862-6 C0093

【オーバーラップ カスタマーサポート】
電話 03-6219-0850
受付時間 10時～18時（土日祝日をのぞく）

作品のご感想、ファンレターをお待ちしています

あて先：〒141-0031 東京都品川区西五反田8-1-5 五反田光和ビル4階 ライトノベル編集部
「冬月光輝」先生係／「昌未」先生係